T0417673

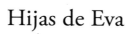

Hijas de Eva

Hijas de Eva

Angélica Quiñónez

Lumen

narrativa

El papel utilizado para la impresión de este libro ha sido fabricado a partir de madera
procedente de bosques y plantaciones gestionadas con los más altos estándares ambientales,
garantizando una explotación de los recursos sostenible con el medio ambiente y beneficiosa para las personas.

Hijas de Eva

Primera edición: marzo, 2025

D. R. © 2025, Angélica Quiñónez

D. R. © 2025, derechos de edición mundiales en lengua castellana:
Penguin Random House Grupo Editorial, S. A. de C. V.
Blvd. Miguel de Cervantes Saavedra núm. 301, 1er piso,
colonia Granada, alcaldía Miguel Hidalgo, C. P. 11520,
Ciudad de México

penguinlibros.com

ISBN: 978-607-385-624-9

Impreso en México – *Printed in Mexico*

Esta es para Nicole, la chica
que no le tiene miedo a nada

Hope is a dangerous thing
for a woman like me to have.
Hope is a dangerous thing
for a woman with my past.

LANA DEL REY

Yo podría traer al corazón recuerdos
como uñas cayéndose del alma.

EUNICE ODIO

Me debes esa revancha, Dios mío.
Exijo que me la des.

SIMONE DE BEAUVOIR

Peor sin ellas

El País
Samuel Artiga
4 de agosto de 2025

La mañana de aquel sábado, Julio Zarco despertó solo. Caminó a la cocina por su acostumbrada taza de café, pero la cafetera estaba apagada y limpia; su esposa Maite no estaba ahí. Notó un extraño silencio que no reconocía. Subió a la habitación de su hija, pensando que quizá hallaría a su mujer jugando con Sandrita o cambiándole la ropa. Pero ellas tampoco se encontraban ahí, ni en el jardín, ni en el baño, ni en la sala viendo la televisión.

La noche anterior, Julio y Maite tuvieron una pelea desagradable. Nada violento, me dice, sino una de esas veces en que hablas con más sinceridad que compasión. Las compras, las deudas, el trabajo… esas cosas que a veces pesan más que el amor.

—Todas las parejas las tienen, ¿verdad? —me pregunta—. Por eso pensé que Maite había llamado a su hermana y se había largado a lo de su madre para darse un respiro.

Julio entonces llamó a la casa de su suegra y recibió el mensaje de buzón. Llamó a su cuñada, la hermana de Maite, y tampoco recibió respuesta.

—Ahí pensé que definitivamente me había dejado, y la verdad es que no la culpo —solloza.

Unos minutos después, recibió una llamada del celular de su suegro.

—¿No están con ustedes Marcia y Lubia?

—No... Maite no... ¿Sandrita no está con ustedes?

El anciano rompió en llanto. Lubia solía llevarse a Marcia a la panadería muy temprano para volver y prepararse el desayuno. Esa mañana, el auto seguía en el garaje, y el panadero no las había visto ni a ellas ni a ninguna de sus conocidas.

Julio y don Andrés concluyeron inmediatamente que se trataba de un secuestro. Condujeron frenéticamente a la estación central para colocar su denuncia y fue entonces que encontraron una inacabable cola de hombres furiosos, nerviosos y hasta llorosos. En todo el condado habían desaparecido las hijas, hermanas, esposas, novias, madres y empleadas. Los teléfonos no paraban de vibrar con alertas de secuestro y desaparición. Hacia mediodía, las alertas cambiaron su tono por completo. Desde entonces, las mujeres dejaron de existir en nuestro planeta.

¿Quieres seguir leyendo?
Suscríbete a El País por solo $1000 anuales.

Sacarrisa: el pódcast

Episodio 193
Walter Williams
3 de septiembre de 2026

Transcripción:
¡Bienvenidos, banda! ¿Cómo van?, ¿cómo la ven? Como siempre, su servidor tiene el interés de traerles un momento divertido en su jornada. Ya saben cómo va la dinámica: les cuento mi anécdota o pensamiento idiota de la semana y pasamos a sus historias de las peores jugadas en la cancha.

Co-men-za-mos. Algunos de ustedes creen que es chiste, pero otros saben que soy papá. Bueno, *era* papá, supongo. La verdad es que yo no estaba preparado para esa vaina. Un bebé es una persona, ¿me entienden? Digo, cada persona que ustedes conocen, que hayan odiado, o que les haya gustado, o que se la hayan cogido, o que hayan ignorado..., todas las personas fueron un bebé. Hitler fue un bebé, maldita sea.

Y ahí andaba yo, culicagado, el día que mi novia me dio la noticia y empezamos a sacar cuentas. Porque de por vida me convertí en el soporte de otra persona. Y digo una persona que dependería de mí para comer y estar limpia, sana, feliz y educada. Imagínense que les entregan esta papa arrugada, roja y horrible… Porque los bebés recién nacidos son feos, banda. Todos fuimos espantosos y más frágiles que mi autoestima. Y eso es lo más escalofriante. Esa cosita no puede ni comer ni cagar por su cuenta y te necesita para que le expliqués este mundo. Yo con suerte me gradué de la secundaria, pero el destino me dio a una persona, ¿ven? Alguna o varias deidades decidieron que este mundo necesitaba una máquina de popó con mi nombre. Así que tuve a alguien que heredó mis vicios y que llevaría a la humanidad al abismo. ¿Eh? Ese es mi legado: la niña que arruine a sus mocosos. O, bueno, eso era.

Créanme que la experiencia no es solo cursilería y risa. Dense cuenta de que cuando a ustedes les dicen "Vas a ser papá", les están dando la responsabilidad para que no hagan a otro Hitler, ¿ven? Toca dejar de hacer unas cosas y empezar a hacer otras cosas… Básicamente ustedes se mueren. Ustedes, como se conocen, se mueren, y les toca empezar una vida como el personaje secundario en la vida de su papita roja. Hay estudios de esa mierda, y no me refiero al postparto, porque no tengo un útero y no debería hablarles paja. Digo una depresión de no saber quién es uno después de que vino la papita indefensa, y peor aún cuando la papita desaparece y… bueno, supongo que hoy no estuvo tan chistoso el asunto, pero a veces nos toca sentir, ¿no? En fin. Los quiero, ¿sí? Sigan en paz, banda.

El futuro prometido

Investigación y Ciencia
Sam Enríquez
Volumen febrero, 2027

Se cumplen dos años desde el evento que popularmente han llamado la Exxtinción: por la repentina y total desaparición de todos los miembros de la especie humana nacidos con el cromosoma XX.

Tras el marcado declive poblacional, el proyecto Apoyo, Recuperación, Cambio y Avance (ARCA), establecido por las Naciones Unidas, ha guiado la reconstrucción económica y de infraestructura de la Nueva Realidad. La Coalición Universal Masculina (CUM) ha reunido también los aportes de empresas multinacionales para los esfuerzos de restauración alimentaria, sanitaria, tecnológica y energética, entre otras. La colaboración de más de 50 mil científicos y más de un millón de empleados técnicos ha comenzado a rendir sus resultados.

El reporte, a mil días del lanzamiento de ARCA, ofrece un prometedor futuro para nuestra especie como la conocemos. Desde 2025 se han registrado las cifras más bajas en emisiones de gases invernaderos en más de setenta años, así como un declive de más del 70% de los contaminantes en cuerpos marítimos y un descenso del 50% de polución en ríos y lagos.

Se observan índices reducidos de enfermedades crónicas, incluyendo obesidad y diabetes. La Asociación Americana de Psicología señala también una gradual caída en desórdenes anímicos, incluyendo ansiedad generalizada, depresión crónica y el llamado *burnout* o desgaste laboral. El doctor Elias Wembley, director de ARCA para la Comisión de Salud Masculina, incluso ha declarado esta nueva etapa de la humanidad como la más próxima a la perfección genética. "Estamos criando la última gran generación de varones vitruvianos, fuertes, ágiles, resilientes y listos para enfrentar esta siguiente etapa en la historia", reza la introducción de Wembley para el reporte.

A pesar de tantos avances, otros expertos han cuestionado la validez de estos hallazgos. Especialistas asociadas con la Liga Internacional Femenina Transgénero (LIFT) han reportado un alarmante incremento en actos de violencia, particularmente agravada con respecto al sexo y género de las personas violentadas. También aluden a la pandemia por las más de 200 infecciones de transmisión sexual. La doctora Adelaida Pont, activista transgénero y autora, sugiere que la supresión femenina, cultural y biológica, apunta a una decadencia y posible primera etapa de la extinción de la especie. En su controversial tratado sobre la extinción XX, *Las Perennes*, Pont llegó a recopilar evidencias de astrónomos, físicos y etnógrafos que sugieren una instigación bélica, acaso desde potencias políticas que están fuera de nuestro planeta.

Andreas Kasidikostas, vocero oficial de CUM, respondió a estas denuncias y cuestionamientos en el acto de presentación del reporte frente a las Naciones Unidas: "No podemos quedarnos atorados en el pasado. Esta es la Era del Varón y harán bien nuestros hermanos en reconocer su presente y futuro. Podemos despojarnos de los discursos absurdos de la ideología de género. Somos la especie ahora: más fuerte, más apta, masculina".

Regreso a clases

Saul Martin caminaba hacia su salón en la universidad. Con su paso lento y algo arrastrado, balanceaba un café hirviendo y varios lápices en una mano, y una madeja de exámenes y carpetas en la otra. Era una de esas primeras mañanas de primavera, con el sol picante y el aire levemente fresco. Unos cuantos chicos estaban leyendo, conversando o improvisando partidos de fútbol en los jardines. Dos años después, el estudiantado había disminuido considerablemente. La Universidad de la Reina Ana en Madrid era una de las pocas que quedaban, y ahora recibía a los estudiantes de múltiples estados y provincias. Aun así, los pasillos se sentían vacíos y silenciosos. Saul recordaba la vorágine hormonal que en estas épocas solía cerrarle el paso antes de la Exxtinción: coqueteos, risas, pleitos y berrinches de chicos y chicas jugando a crecer.

Los chicos que quedaban eran distintivamente más silenciosos y serios. Volteaban la vista cuando pasaba alguna de las pocas parejas. En pleno siglo XXI, había vuelto la costumbre incómoda de ignorar a los homosexuales, ahora con un odio que trascendió a envidia. Todos hablaban y participaban muy poco en clase. Incluso sus fiestas se habían vuelto más y más sosegadas: sin baile ni juegos, los chicos se concentraban en beber y solo murmuraban lo necesario para abrir otra botella.

Saul llegó al salón de Química Orgánica III y, para su sorpresa, lo encontró oscuro y vacío. Estaba a punto de consultar en la dirección cuando un hombre desconocido le tocó el hombro y le habló con un acento anglosajón.

—*Bonjour*, doctor Martin, su clase de hoy fue cancelada. Por favor venga conmigo.

Saul no lograba descifrar quién era ese tipo, pero involuntariamente lo siguió hasta la cafetería y dejó que le comprara un latte de soya y un pastel de limón. Se sentaron en una mesa muy apartada del mostrador, y mientras tomaba su primer sorbo, el desconocido se presentó salpicando su mal pronunciado francés.

—Mucho gusto, doctor Martin, *avec plaisir*. Me llamo Gregory Dalton, y soy un leal admirador.

Dalton se veía como un estudiante sobrecrecido: la clase de tipo que cree que una camisa polo constituye un atuendo formal. Tenía una barba descuidada y una calva apenas disimulada.

Saul introdujo su tenedor en el pastel de limón. Había pasado mucho tiempo desde la última vez que un *admirador* lo abordaba para cualquier favor: una coautoría, una entrevista, una investigación… Saul solía dominar la comunidad biomédica, pero en esta época esa fama parecía menos urgente. Muchos de los proyectos que él había apoyado en los últimos años terminaron en una avalancha de deudas y destiempos. Y eso sin contar las docenas de fanáticos que le rogaban por un suspiro de validación para cada absurdo descubrimiento homeopático. Saul mordió su pastel sin decir una palabra y Dalton continuó.

—Mire, estoy seguro de que usted ha conocido a suficientes charlatanes, interesados y supergenios, así que voy a dejarle las cosas rectas.

Set things straight, pensó Saul.

—El gobierno estadounidense quiere contratarlo para un proyecto de alto perfil. Se trata de un experimento en su área de *expertise* y estamos dispuestos a pagarle muy bien por evaluarlo y, más adelante, coordinarlo.

Antes de que Saul contestara, Dalton sacó una carpeta marcada con el sello de CONFIDENCIAL.

—Acá encontrará a los financistas, los directores y los empleados ya precalificados para este procedimiento. Véalos y dígame si tiene alguna objeción.

La mano de Saul empezó a temblar gradualmente desde que tomó la carpeta hasta que comenzó a ojearla. Dalton cogió su pastel de limón con la mano y comenzó a morderlo sin recato.

Hermanos

—Entonces ¿qué era tan importante que no me podías contar por teléfono?

—Ahora no, Jon.

—Siempre misterioso, ¿verdad, hermanito? Pásame otra cerveza.

—No, solo tuve una semana de mierda y quiero relajarme un rato, ¿sí? Mejor cuéntame cómo te ha ido.

—Lo de siempre. Han resultado muy populares las *ready-made*. Increíble que a estas alturas haya tipos que no puedan cocinar un huevo para salvarse la vida. Jajaja.

—Papá era así. No habría durado una semana vivo.

—Y qué te digo. La carne más dura y barata se convierte en un manjar si la bañas en veinte kilos de teriyaki o barbacoa. Rodríguez dice que con esto ya superamos la meta de recuperación y nos pasamos a la pura ganancia. ¿Cómo quieres tu corte?

—Bien asado.

—Pff, hablando de malos gustos. El veganismo no te hizo ningún favor.

—Tranquilo, chef.

—Mejor tráeme esos chorizos. Verás lo que te espera. Llevo cuarenta días ahumándolos, y tienen una mezcla de pimienta y aguardiente que los hacen… bueno, ya probarás. Y para que dejes de andártelas de perezoso, empieza a rebanarme ese pan y úntale mantequilla a cada pedazo antes de ponerlo a la parrilla.

—Ya suenas igual a mamá.

—Esa mujer era una diosa doméstica.

—Habló el favorito, ¿eh?

—Ay, ahí viene el drama.

—Mejor dame otra cerveza.

—Sácala de la hielera. Aquí no tienes que preguntar.

—Y… ¿qué más ha pasado? ¿Rodríguez sigue buscando a alguien para la oficina? Porque tengo un par de estudiantes que necesitan trabajar…

—Ya no. Hace unos días contrató a una de esas chicas, *ya sabes*. Dice que le elevará la moral a los muchachos de la planta, que pasen a saludarla y a pedirle un café y eso.

—Suena algo…

—¿Ridículo?

—Iba a decir asqueroso.

—Meh. Es bueno, digo, *buena* para llevar las agendas y atender a los proveedores. Y Rodríguez le dio un sueldazo del que yo tampoco me quejaría. No le habría pagado eso a una mujer de verdad, ni siquiera siendo su noviecita.

—Bueno, ahí cada quien.

—Así es, hermanito. Pásame esa bandeja. Ahora que nos sentemos me tienes que contar tu telenovela.

—Está bien. ¿Te paso otra cerveza?

—¿Qué crees?

—Por supuesto. Pues bien, ¿qué tanto recuerdas de mi trabajo en Saint Gabriel?

—¿Algo de química y pruebas en animales o algo así?

—Sí, pruebas de viabilidad para tratamientos farmacológicos.

—Sí, justo eso quería decir. Yo solo sé que cada mes había un nuevo conejito moribundo de mascota para Dianita.

—Julia siempre insistía en que debíamos darles un hogar para morir.

—Su corazón de pollito.

—Sí…

—Lo siento, no debí decir…

—Está bien, Jon. Estoy bien.

—Cuéntame. ¿Vas a regresar con ellos?

—No exactamente, pero sí voy a tomar un nuevo trabajo. Es un proyecto del gobierno para remediar todo este asunto.

—¿La Exxtinción? Pensé que habían desistido.

—Para nada. Es solo que están tomando unas vías menos *ortodoxas*.

—¿Qué? ¿Vamos al espacio a buscar a las amazonas lunares?

—¿Puedes pararle un ratito? Hablo en serio.

—Bueno, ya. ¿Qué quieren de tu parte?

—Tienes que jurarme que no vas a comentar esto con nadie.

—Hecho.

—De verdad.

—Ay, ni aunque quisiera podría repetir lo que sea que haces.

—De acuerdo. Pasa esto. Los estadounidenses reunieron un equipo para preparar una implantación subrogada de un cigoto en un hospedero homínido.

—¿Ves? Ya se me olvidó la mitad de tu perorata.

—Quieren embarazar a una chimpancé con el material de inseminación de un donante humano.

—¿El humano va a cogerse a la mona?

—Por supuesto que no. Vamos a tomar donaciones de cigotos viables de mujeres extintas. Los esposos o parejas legales tienen el derecho sobre esa materia. Así que vamos a seleccionarlos con una serie de exámenes de viabilidad para tratar de reproducir…

—¿La mona solo va a servirles de vientre?

—Sí, algo así. No sería el término completo de un embarazo normal, pero creemos que podemos llevarlo a la ventana de siete meses y continuar con soporte artificial, como hacían con los bebés prematuros.

—Mira, qué interesante. Estudiaste tanta química para terminar jugando al ranchero. Mañana le diré a Rodríguez que te busque un puesto en la finca.

—Qué gracioso, Jon.

—Hermanito, te quiero y te admiro y todas esas bobadas, pero tienes que admitir que suena muy disparatado.

—Sí, no es lo que habría imaginado, pero ya casi vamos para tres años y cada vez somos menos. Si esto continúa, la humanidad entera desaparecerá en menos de un siglo. Al menos de esta forma podemos continuar con algunas familias.

—Sí.

—Eso.

—¿Así que una mona?

—Así es.

—Qué dicha. Nuestros nietos literalmente descenderán en el *Planeta de los simios*.

—Admitiré que eso sí me causó gracia.

—¿Y qué más nos queda, Saul? Todos podemos reírnos de todos.

—Julia decía que los chistes eran lo único que te podías tomar en serio.

—Acertada como siempre, esa mujer.

—Siempre…

—¿Qué crees que nos diría?

—¿De la extinción? Ni idea. Uno de mis vecinos dice que su esposa le manda señales desde otro plano celestial para que él interprete sus tazones de cereal con leche.

—Maldito alcohol…

—Sí sé que le habría enfurecido la teoría de los temploandrinos. Esa que las culpa a todas de su mutua destrucción.

—Pero tienen un punto, ¿no? A estas alturas ya habría aparecido un culpable a regodearse con el nuevo orden mundial, al menos para brindar con Putin.

—No tiene ningún caso que le sigamos buscando culpables, ¿no crees? Ya no hay otro camino que no sea adelante.

—Ni modo. Toca que respondan las monas… ¿Crees que Julia te habría apoyado?

—Obviamente lo odiaría, pero sería práctica, como cualquier madre. Siempre me dijo que la maternidad es un legado sin gratitud. Creo que en lo único que insistiría es en que le diésemos el mejor cuidado a la portadora, sin importar su especie.

—¿Medicina importada, verdura orgánica y clases de yoga?

—Mejor tráeme otra cerveza.

Contemplando la Natividad del Señor entre el Tormento

L'Osservatore Romano
Por: Valerio Andolini
25 de diciembre de 2027

"La Iglesia tiene una única misión en la Tierra: mostrar al mundo cómo será el Reino de Dios y continuar con la misión de Jesucristo". Con estas palabras, S. S. el Papa Alfonso I dio inicio a su homilía de la Santa Misa de Nochebuena. Han transcurrido dos años del aconteci-miento más doloroso y retador de la historia, y el Santo Padre nos invita a confiar en la sabiduría del Espíritu Santo. Nos llama a guardar la fe ante la incertidumbre, pero mantener los ojos y la mente en claridad.

"Soy consciente del daño que ha provocado y sigue provocando el cisma de nuestros hermanos de la Nueva Iglesia Elísea. En su momento, Monseñor Lucien fue uno de mis más confiables asesores, pero no puedo re-conocer su papado ni el nombre con que ha corrompi-do la integridad de nuestra Iglesia". Recordemos que el

Evangelio nos llama a una sola fe, un solo bautismo y un solo Dios. No hay nada peor que la ceguera del que simplemente se rehúsa a ver por un capricho sentimental. La autora católica Flannery O'Connor comentó sobre este sentimentalismo enfermizo: "Ahora, a falta de fe nos rige la ternura. Una ternura que hace tiempo se ha desvinculado de la persona de Cristo y se envuelve en teoría. Cuando la ternura se separa de la fuente de ternura, su consecuencia lógica es el terror".

El patriarca Baltazar II envenena a una juventud desubicada, ignorante de los designios de Dios Padre, e insta a acomodarse en modas que en realidad descienden de la decadencia primitiva del ser humano. La verdadera Iglesia Católica, Apostólica y Romana no ampara la homosexualidad ni la traición del sexo bajo ninguna condición. Dice el Santo Padre: "La desventura de hombres débiles nos ha embargado, incapaces de confiar en la fe y listos para consolarse con la conformidad cómoda del pecado". Nuestra Iglesia atraviesa una crisis sin precedentes, donde sus mismos hermanos e hijos han traicionado la Palabra y se han proclamado, como el Demonio, manipulando las Sagradas Escrituras en un discurso antojadizo. Hablan de un amor que mueve cielos y estrellas para iluminar tiernamente (palabra tan peligrosa) esta nueva realidad. Falsa y falazmente han amparado las uniones del mismo sexo y las identidades de género plural. Nuestros hermanos han elegido gritar y lloriquear sin saber que navegan en la barca de Jesucristo, y con eso han traicionado sus enseñanzas.

Por eso les digo que la realidad para los legítimos católicos está en confiar. La oración y la mortificación son nuestras más poderosas armas para resistir las seducciones del sentimentalismo, la lujuria y la vanidad. Cristo no llegó a nuestro mundo con la ternura y compasión de hombres y mujeres, sino rodeado de la calmada naturaleza: un buey y una mula que lo abrigaron sin pretensión. Hemos de volver a la ley natural de Dios Padre, amando y respetando Sus designios, dejando de lado nuestra soberbia, y aceptando que el único nacimiento ansiado en nuestras vidas debe ser el de Cristo. Solo junto a Él veremos la calma en la tormenta.

Hombre de Florida irrumpe en municipalidad para declararse mujer biológica

Sun Sentinel
Flavio Cruz
5 de julio, 2028

El pasado lunes, un hombre floridiano irrumpió en la corte del Décimo Primer Circuito Judicial de Florida en Miami. Ataviado con un vestido floral, tacones de plataforma y una peluca, el hombre de 54 años interrumpió los procedimientos rutinarios de corte civil para demandar, en sus palabras, su "inmediato reconocimiento como mujer 'voluntariamente biológica'". Por orden del juez de turno, el caballero fue dirigido a la sala de espera para completar los requisitos de un caso formal.

Actuando como su propio representante, el caballero presentó varios documentos que incluían facturas por la compra de suplementos perinatales, ropa afirmativa a su género y una serie de tratamientos estéticos clínicos. La siguiente carpeta de evidencia incluía las imágenes de una operación de arquitectura vulvar que el demandante reveló al pleno. Al consultársele si padecía de dismorfia corporal o algún desorden de identidad aunado a su género, el demandante se negó. Sin embargo, insistió en que el Estado complementara sus esfuerzos de transformación con lo que él llamó "una intervención de trasplantes de cromosomas".

Tras un breve receso de consulta, el juez descartó el caso bajo las evidencias de que no existen esos procedimientos médicos, y por tanto no recaen en la responsabilidad del Estado. Como acto seguido, emitió una sanción por desacato y ordenó que el demandante recibiera tratamiento psicológico de un profesional del sistema antes de presentar este o cualquier otro caso de reconocimiento legal, aseverando que la próxima participación deberá obedecer con el proceso constitucional.

Conferencia de prensa

Sala de Prensa en la Casa Blanca
Diciembre 12, 2028, 11:15

—Muchas gracias a todos por su atención e interés. Sé que les hemos presentado información sensible y difícil de procesar. Pero mi equipo y yo estamos listos para resolver sus dudas y contestar cualquier pregunta sobre el Proyecto Eva. Empecemos por acá…

—Adam Coronado, de *The Washington Post*. Doctor Zhao, ¿cómo seleccionaron al equipo de científicos y técnicos? ¿Le preocupa que existan intereses más individuales? ¿Quiénes son sus financistas?, ¿y por qué trabajarlo en Estados Unidos?

—Gracias, señor Coronado. Trataré de ir en orden. Mi equipo reúne exclusivamente a los mejores científicos con quienes he trabajado por décadas en la industria. Son hombres altamente reconocidos por la academia y comprometidos con la ciencia antes que con cualquier fortuna. Ahora bien, esta es una iniciativa de proveedores de salud en el sector privado. Podrá ver las entidades que nos apoyan en su dosier, pero tenga en mente que el Proyecto Eva es un regalo que podría revolucionar el futuro, y el gobierno estadounidense ha sido muy cooperativo al ofrecernos las mejores condiciones e instalaciones para trabajar.

—¿No entra el Proyecto Eva en conflicto con el Acto de Ética Científica Experimental de 2024?

—Suficiente, señor Coronado. Vamos con usted allá atrás.

—Zain Fadel, *Al Jazeera*. ¿Cómo están eligiendo a los voluntarios? ¿Le preocupa que esta sea una acción excluyente para quienes no hayan tenido acceso a la reproducción asistida?

—Señor Fadel, estamos trabajando con el único material genético disponible. Esta es una cuestión de viabilidad, no de justicia social. Elegimos a los voluntarios bajo los estatutos de adopción que ya maneja el gobierno federal.

—¿Van a extenderle permiso a estos hombres para criar a sus propias hijas?

—No, señor Fadel. Vamos a evaluar si tienen la aptitud mínima para que la inversión y esfuerzos de este proyecto rindan su mejor desempeño y una alternativa para reproducción.

—¿Entonces ser padre es ahora un privilegio de clase y conformidad arbitraria?

—¿Y usted es...?

—Daniel McIntosh del *Times*. ¿Qué detiene a un individuo con los recursos disponibles de emprender un proyecto encubierto y privado sin sanción a la legalidad y ética presentes?

—Mire, esto es ciencia. No vinimos a jugar a las guerrillas de clase.

—Permítame reformular. ¿Qué detiene a alguien como Jeff Bezos de abrir su propio laboratorio para reproducir mujeres y destinarlas a un servicio o producto para consumo?

—¡Nuestra intención está específicamente en restaurar familias, McIntosh! ¿Cómo se atreve a insinuar algo tan deshonroso?

—En ese caso, ¿por qué no convertir esta iniciativa en un proyecto de restauración y salud pública?

—No tengo más palabras para usted, McIntosh. Sigamos acá.

—Jen Lagos, *El País*.

—Dígame.

—¿Han considerado las repercusiones del abuso animal en una hembra chimpancé de edad adolescente?

—Por un demonio… ¿Es en serio?

—Doctor Zhao, me permito recordarle que la FDA eliminó el requisito de la experimentación animal para pruebas farmacológicas en 2023.

—*Señorita* Lagos, tengo que reiterar que este proyecto fue *concebido*, y perdonen el albur, en condiciones precarias para la humanidad. La hembra chimpancé, como sus pares que hemos seleccionado, goza de óptima salud. Fue clonada y criada en cautiverio por el gobierno chino con las mejores condiciones nutricionales y físicas.

—Pero si hay pares es porque existe un riesgo de fallecimiento durante el experimento, ¿no?

—Todos los experimentos conllevan riesgos, Lagos. No vamos a poner el destino de nuestra especie por encima de unos cuantos especímenes de chimpancés clonados. Siguiente.

—Doctor Zhao, primero permítame felicitarlo a usted y a su equipo. Soy Damon Muller, de FOX. Estamos necesitados de una solución para restaurar el equilibrio natural de la humanidad y el plan natural de Dios. Estoy seguro de que estaremos contemplando los frutos del Proyecto Eva en los próximos Nobel y...

—¿Hay alguna pregunta aquí, señor Muller?

—Desde luego, doctor. ¿Existe alguna entidad que vaya a encargarse de formar a las hembras resultantes?

—¿A qué se refiere?

—Digo, no podemos permitir que las únicas proveedoras de supervivencia para nuestra especie se expongan a ideologías de género, androginia y hembrismo que coarten su valor reproductivo.

—¡Muller es un cerdo tránsfobo-sexista!

—¡Cierra la boca si no vas a abrir la concha, Lagos!, ¿o que no te falta una?

—¡SILENCIO! Este es un espacio de intercambio informativo. No voy a tolerar ninguna opinión que atente contra la objetividad de nuestro trabajo. Pero para responder a su pregunta, Muller, la educación de estas mujeres dependerá de sus padres. Por las condiciones en que serán criadas, nuestros trabajadores sociales y médicos especialistas van a monitorearlas durante toda su minoría de edad. Es todo lo que voy a decir. ¿Alguien más tiene alguna pregunta pertinente al proyecto? A ver, ese jovencito en el fondo.

—Buenas noches, doctor Zhao. Soy un practicante para el diario estudiantil *La Voz*. En mi universidad creemos que...

—Vamos a las preguntas, jovencito.

—Sí, disculpe. Mis padres estaban esperando un segundo embarazo *in vitro* antes de la Exxtinción. Perdí no solo a mi madre sino a mi hermana menor, y quisiera saber cuáles son los requisitos generales para sumarse al Proyecto Eva, y si existe alguna limitante.

—Muchas gracias. En este caso, buscamos caballeros que sean los dueños legales, por matrimonio, unión de hecho o herencia, de un cigoto con dos cromosomas X que se encuentre en estado de enfriamiento y manifieste viabilidad de implantación. Sabemos que un 33% de los cigotos XX conservados en la red ALMA de clínicas reproductivas sobrevivieron al evento de extinción selectiva. Desconocemos la razón aún, pero confiamos que conservan su integridad y capacidad fisiológica.

—¿Qué sucede si uno de nosotros aplica?

—Los aplicantes firmarán un consentimiento y una serie de documentos legales afines a una adopción. Eso significa que deberán demostrar capacidades de paternidad tras una investigación socioeconómica, una serie de pruebas psicométricas, una evaluación de inteligencia emocional y antecedentes penales y, como último punto, una serie de entrevistas con el equipo científico para garantizar que el desarrollo fetal fluya de la manera más cómoda, transparente y segura posible. La siguiente será mi última respuesta. ¿Alguien más? ¡Tú!

—Gracias, doctor Zhao. Soy Andreas Vouvali de la Alianza Mediterránea de Agencias de Noticias, AMAN. Nuestros periodistas y audiencias quisieran saber cómo continuarán informando usted y su equipo sobre los resultados del Proyecto Eva. Por favor, especifique sus medios y plataformas oficiales.

—Yo mismo estaré enviando los comunicados en conformidad con nuestros lineamientos de seguridad informativa, señor Vouvali. No espere que le abra un TikTok.

—Entiendo. ¿Existen planes para escalar el proyecto si demuestra viabilidad?

—No tengo esa respuesta en este momento.

—Claro que sí, ¿van a dar acceso a la comunidad científica internacional a sus hallazgos, pensando en la posibilidad de otras pruebas y, disculpe la palabra, *reproducciones*?

—Se trata de un proyecto pionero. Nadie ha estado cerca de este esfuerzo durante más de tres años y, de momento, seremos los únicos encargados de su ejecución y documentación.

—¿Puede entonces decirnos qué opinión ha extendido la comunidad científica ante su hermetismo? ¿Ha recibido una citación de la Junta Médica…?

—Creo que hemos terminado por hoy. No, ya no tengo más respuestas. Lean el dosier y absténganse de acosar a mi equipo. De hoy en adelante tendremos un protocolo estricto de manejo informativo y espero que a ustedes les quede una onza de profesionalismo para hacer su trabajo, maldita sea. Feliz noche, felices fiestas y feliz año nuevo tengan todos. Adiós.

Bitácora 050429.wav

Dr. Phillip K. Rowe

Son las nueve de la noche. Por fin terminé de configurar la nueva computadora, pero parece que no hay un buen pronóstico para mi archivo anterior. Se perdieron mis notas de voz, grabaciones y documentación de la primera fase del Proyecto Eva y el doctor Zhao me dio una tremenda gritada cuando le dije que no tenía una copia de seguridad. Martin dice que puedo recuperarlo todo si introduzco una auditoría individual en la sección de informática, pero por ahora prefiero concentrarme en avanzar. Devi tuvo la gentileza de pasarme sus garabatos, así que quizá podré recordar algo para reestructurar.

Estamos en la etapa dos. Vamos muy rápido. Martin nos informó que en los próximos días podremos empezar las pruebas de ovulación en la Paciente Uno. Hemos convenido en llamarla Eva, como a todas las demás, más su código de crianza. Arossio estuvo bufando que era una falta de respeto a su credo y a la tradición de la iglesia genuina, pero seguramente se calmó cuando vio que a nadie realmente le importa.

Fue una hazaña procurar a esas tres hembras, clonadas para garantizar la integridad fisiológica y criadas bajo la enseñanza rudimentaria del lenguaje de señas para permitir un mínimo de comunicación viable.

Devi ha terminado las pruebas psicométricas y emocionales de la última ronda de candidatos, y parece que mañana estaré entrevistando a los seleccionados para ofrecer mi aprobación. No tuvimos la convocatoria esperada. Sospecho que más de algún idiota habrá elegido tirar cuarenta dólares en un equipo CRISPR y una conejilla de Indias. Parece mentira, pero el descubrimiento genético más avanzado de los noventa ya lleva años vendiéndose en Internet, incluso con versiones para los que empiecen a jugar al biomédico en casa. Sin regulación, sin supervisiones, ni nada, como si la manipulación genética fuera una tarde de manualidades. No quiero ni imaginar las abominaciones que podrían crear los genetistas de garaje.

Los trabajadores sociales dicen que hicieron una selección relativamente aleatoria de culturas y contextos de crianza, pero conociendo a Zhao no habrá nadie que él no considere digno. De cualquier forma, sobre el papel, mi veredicto lleva el peso mayor por mi experiencia en pruebas humanas. No estoy para nada emocionado por lo que viene mañana. A ratos creo que no tenemos la menor idea de lo que estamos haciendo.

Entrevista F001

Sujeto 58190903
06-04-29 9:00

Por favor, preséntese con su nombre, nacionalidad, edad y ocupación.

Buenos días, doctor Rowe. Soy Satoshi Shimada, o Steve Shimada, si lo prefiere. Japonés, residente legalizado en Boston. Tengo treinta y seis años y soy músico.

Músico, ¿eh? ¿Habré escuchado algo suyo?

Hice algunos arreglos para videojuegos en la universidad. Nada extraordinario. Las últimas dos décadas me he enfocado en el jazz. Soy arreglista y compositor de oficio.

¿A qué se dedica actualmente?

He grabado un par de discos con algunos colegas y la banda sonora de una película, pero en estos días me dedico a la docencia. Tengo una decanatura en Berklee, y eso es todo lo que hago ahora.

Así veo. Continuemos. ¿Cómo describiría su relación con la señora Shimada?

Akari. Pues, estábamos casados, como la mayoría de los participantes.

¿Podría contarme cómo era la relación entre ustedes dos? ¿Cómo se conocieron?

Tocábamos en la banda universitaria en Kioto. Era una artista un tanto excéntrica, pero su ejecución del piano era impecable. Trabajé con ella en algunos proyectos de música tonal y otros experimentos que presentaba en los festivales. Yo siempre me he sentido un poco incómodo con eso del dramatismo y el teatro, pero ella realmente florecía en esos espacios. Sus padres no aprobaban a un novio sin una carrera lucrativa para mantener a su hija como una princesa, pero lo aceptaron con el tiempo. Supongo que fue un alivio para mí ver que había elegido al chico más aburrido y tímido de la clase.

Se casaron jóvenes.

Sí, yo recién cerraba una especialización en Emprendimiento y Gestión de las Artes, y Akari había conseguido un espacio muy codiciado en una de las galerías más importantes de la ciudad. Nos sentíamos muy afortunados, y ella me dijo que ese era el momento perfecto para empezar. Yo mencioné que aún no teníamos un ingreso estable ni un plan para nuestras carreras, pero su determinación era imposible de contradecir. Tuvimos una ceremonia muy sencilla, con amigos.

¿Cómo era su vida familiar?

La verdad fue muy normal. Mi padre era médico y mi madre siempre estuvo en casa. Mi padre murió cuando yo era niño, pero nos dejó bastante bien provistos. Mi madre falleció unas semanas después de conocer a Akari, sé que le agradaba. No tengo mucha comunicación con mis tíos en la provincia, así que casi toda nuestra relación era con los padres de ella, una pareja generosa con la que casi no tuvimos malentendidos. Su gran prioridad era que tuviésemos empleo e ingresos dignos. Mi madre pensaba lo mismo.

¿Y qué los llevó a la decisión de contratar una clínica de fertilidad?

Esto es muy directo, ¿no?

Lo siento, señor Shimada. Es protocolo.

Lo entiendo. Es solo un poco extraño. No suelo hablar de esto con nadie. Pues, fueron mis suegros los que nos obsequiaron el servicio. Dijeron que sería prudente almacenar células jóvenes y saludables por si acaso decidíamos tener hijos más adelante. Akari aceptó, y acordamos que iniciaríamos la implantación después de su cumpleaños número treinta, para la suerte. Pero ese día no llegó.

¿Y qué lo ha movido a postularse, señor Shimada?

Akari. Ella siempre me empujó a tener más aventuras, tomar riesgos y salir de la rutina. Pensé que sería feliz con un niño con quien explorar y crear juntos, ¿sabe? Tenía esa energía infinita y tierna que encantaba a todos. Muchas veces yo no entendía qué rayos estaba haciendo ella en el escenario, pero no podía dejar de verla y sentir su alegría. Ahora tengo una vida cómoda, bastante tranquila, y desde hace tiempo estoy listo para honrar sus deseos y traer al mundo más de ella.

¿Está usted involucrado en cualquier tipo de relación sexual o afectiva abierta o discreta? De nuevo, perdone la naturaleza de estas preguntas. Sepa que esto será confidencial.

No.

¿Tiene alguna preocupación sobre el proceso?

La verdad es que me da más miedo ser padre, pero tengo un grupo de amigos cercanos que se han ofrecido a acompañarme. ¿Como dicen acá? Se requiere una aldea…

… para criar a un niño. Me alegra mucho que tenga un sistema de soporte. Es lo más importante. ¿Tiene alguna pregunta sobre cómo será el proceso de implantación?

No.

¿Ha leído y entendido el consentimiento informado?

Sí.

¿Ha tomado esta decisión libre, sobria y conscientemente, sin presión u obligación externas?

Sí.

¿Cuenta usted con algún impedimento, defecto fisiológico, enfermedad o discapacidad que no haya mencionado en sus exámenes y pruebas previas?

No.

¿Está usted consciente de las consecuencias potenciales y el significado del documento de exoneración que usted firmará para repeler cualquier acción de persecución legal?

Sí, claro.

En caso de que el experimento rinda un nacimiento exitoso, ¿está usted dispuesto a acatar los lineamientos, restricciones y requisitos del Proyecto Eva, por el tiempo estipulado hasta la mayoría de edad de su progenie, so pena de persecución federal?

Sí.

Ya casi terminamos, señor Shimada. ¿Tiene alguna otra pregunta?

¿Le molestaría alcanzarme esa caja de pañuelos?

Entrevista F002

Sujeto 59090651
06-04-29 16:00

Por favor, preséntese con su nombre, nacionalidad, edad y ocupación.

Buenas tardes, profesor.

Doctor.

Bueno, doctor. Me llamo Anthony Jason Kress. Soy de Virginia. Tengo cuarenta y cuatro. Soy ingeniero informático.

Muchas gracias, señor Kress. Cuénteme un poco sobre su carrera.

Vengo de un pueblo perdido en Virginia que no le sugiero que intente deletrear. Desde muy chico la pasaba prendido de la computadora, pero más que regañarme, mi padre hizo todo para motivarme a tomarlo en serio. Dice que así me ahorró un puñado de problemas con el licor, las peleas y las chicas, ja. Para cuando llegué a la secundaria tenía la tarea de automatizar sus reportes de facturas del taller y eso. Es un tipo genial. Me envió al Virginia Tech a estudiar y cuando me gradué empecé a trabajar en *Acronym* antes de migrar a otros proyectos.

Vemos que usted no ha tenido un puesto fijo en años.

No va conmigo. Me aburro muy rápido de la cultura corporativa. Prefiero ser consultor. También puedo trabajar desde mi sala en bóxers, así que eso está bien. No puedo quejarme.

¿Usted es también padre de un chico de doce años?

A tiempo completo, sí.

Hábleme de su hijo.

Dylan es un chico muy parecido a mí a su edad. Algo tímido pero estudioso. Tiene unos cuantos amigos del club de ajedrez y el *cross-country*. Le encantan los videojuegos. Y por su culpa he tenido que recordar cómo andar en bicicleta.

¿Cómo era la relación de Dylan con su madre?

Dyl no la recuerda bien, y creo que es lo mejor. Karla y yo nos habíamos separado cuando cumplió dos años. Solo diré que no fue nada bonito.

¿Estaban pensando en tener más hijos?

Pues ella fue quien decidió que guardáramos las células para contratar una subrogada cuando estuviéramos listos. Karla tenía planes de aquí al 2050. Toda nuestra vida se trataba de sus planes.

¿Podría contarme más sobre su relación?

Sabía que tarde o temprano vendría la preguntita. La conocí cuando era camarera en Chicago y le dejé mi número por un reto de un amigo. Para mi sorpresa, ella llamó y seguimos hablando y hablando… Caí como tonto. En menos de tres meses ya nos habíamos mudado y la apoyé para que se dedicara a las audiciones y las clases de modelaje. Nos casamos un año después de conocernos y organicé todo mi trabajo para llevarla a Nueva York y Los Ángeles cada dos semanas. Casi todos nuestros conocidos se extrañaban de verla con un tipo como yo, pero yo me sentía como un ganador de la lotería.

¿Fue entonces que utilizaron el servicio de fertilidad?

No. Karla acababa de ganar una segunda audición en no sé qué serie de TV cuando, contra todos sus planes, resultó embarazada. Al principio, pensé que esto la motivaría a hacer algo distinto. Lo de Hollywood no iba a ninguna parte, pero Karla no estaba dispuesta a renunciar. Le prometí todas las cirugías y tratamientos para recuperar la figura con tal de convencerla de tener al niño. Así nació Dyl. Y… bueno, no voy a entrar en todos los detalles, pero ella fue desentendiéndose de nosotros hasta que me envió la demanda de divorcio por correo.

Lo siento mucho.

No. Debí haber sido más prudente. Ella quería una vida muy difícil de comprar.

¿Cómo reaccionaron sus padres ante la separación?

Aunque no lo crea, nunca conocí a mis suegros. Ella siempre se rehusó y no hice más preguntas. Por mi parte, mi madre murió cuando yo tenía ocho, así que Karla conoció a mi padre. Él nunca fue fan de Karla, pero Dylan lo cambió todo. De hecho, lo llamé igual que su abuelo. Son inseparables, esos dos.

¿Cómo es su vida familiar ahora?

Después del divorcio nos mudamos a un vecindario un poco más suburbano para estar cerca de las buenas escuelas. Sigo trabajando desde casa, y ahora traje a mi padre a vivir con nosotros, ya sabe, para ayudarme a cuidar al chico, aunque creo que cada vez es más a la inversa.

¿Por qué decidió postularse, señor Kress?

Mire, sé que esto sonará cursi y estúpido, pero yo siempre soñé con tener una familia. Fui un niño muy solo y un poco triste, y me apena ver a mi hijo pasar por lo mismo. Ya no es tan chico, y yo tampoco, pero me hace tanta ilusión tener a mi clan, mi comarca. Cuando Karla estaba embarazada, o incluso antes, desde que decidimos congelar las células, yo ya fantaseaba con llevarlos al parque, comprarles juguetes, enseñarles mis películas favoritas… Creo que ser padre es lo único que realmente me ha interesado en la vida. Tal vez por eso ya no tenemos mujeres, ¿ve? Ya casi ninguna quería formar familias.

Gracias por su candor, señor Kress. Debo continuar con unas preguntas de protocolo. ¿Está usted involucrado en cualquier tipo de relación sexual o afectiva abierta o discreta?

¿Pero qué mierdas…? ¿Habla usted en serio?

De nuevo, perdone la naturaleza de estas preguntas. Sepa que esto será confidencial, pero necesito una respuesta clara.

Pues por supuesto que no.

¿Tiene alguna preocupación sobre el proceso?

No. Es una gran oportunidad a fin de cuentas.

¿Tiene alguna pregunta sobre cómo procederá la implantación?

Creo que se excedieron con las ilustraciones.

¿Ha leído y entendido el consentimiento informado?

Sí, sí…

¿Ha tomado esta decisión libre, sobria y conscientemente, sin presión u obligación externas?

Hasta donde sé, sí.

¿Cuenta usted con algún impedimento, defecto fisiológico, enfermedad o discapacidad que no haya mencionado en sus exámenes y pruebas previas?

Solo mi apuesto rostro.

¿Está usted consciente de las consecuencias potenciales y el significado del documento de exoneración que usted firmará para repeler cualquier acción de persecución legal?

Considéreme muy feliz de no pelearme con otra hembra en la corte.

Por favor, sea serio. En caso de que el experimento rinda un nacimiento exitoso, ¿está usted dispuesto a acatar los lineamientos, restricciones y requisitos del Proyecto Eva, por el tiempo estipulado hasta la mayoría de edad de su progenie, so pena de persecución federal?

Sí, sí, lo que digan.

Ya casi terminamos, señor Kress. ¿Tiene alguna otra pregunta?

¿Ya me deja fumar ahora?

Entrevista F003

Sujeto 48763923
06-04-29 21:00

Buenas noches. Perdone la demora. Ha sido un día largo, ya sabe. Por favor, preséntese con su nombre, nacionalidad, edad y ocupación.

No hay problema. ¿Acá al micrófono?

No hace falta que se incline. El sonido está bien.

De acuerdo. Muy buenas noches. Habla Juan Pablo Álvarez Duarte. Soy un hombre mexicano de sesenta y cinco años. Estoy semirretirado. Anteriormente dirigía las Empresas Vera.

Muchas gracias, señor Álvarez. Cuénteme un poco sobre su carrera.

Pues, no sé si le interesa saber algo en particular. Mis empresas siempre han estado en el ojo público. Tenemos más de cincuenta años trabajando en la generación de energías renovables y algunos proyectos de bienes raíces para los sectores educativos y empresariales…

Gracias, señor Álvarez.

Juan Pablo, por favor, e insisto.

De acuerdo, Juan Pablo. ¿Cómo inició su carrera?

Tenía diecisiete cuando comencé a trabajar como operador en una hidroeléctrica de Necaxa. Cubría turnos de dieciocho horas revisando que la maquinaria corriera y ganaba menos de mil pesos al mes.

¿Cómo llegó a Estados Unidos?

Llegué igual que mis hermanos, Phillip. Me subí al camión, caminé el desierto y me salté una barda en Texas. No podía quedarme un segundo más en esa casa y en ese pueblo.

¿Qué pasó despúes?

Esto ya se lo he contado a todos los periodistas y financistas del senador Steinbeck, así que si no le molesta seré breve. Después de cruzar tuve la bendición de llegar a un puesto de obrero en una de las firmas de construcción de don Rogelio Evans. Él fue mi salvador: me impuso la condición de estudiar si quería ganar un centavo. Me envió a la escuela y a la universidad nocturna a cambio de que liderara los grupos de extranjeros. Poco a poco fui ganando su confianza y me propuse devolverle su generosidad con mi propio trabajo. Sin él, jamás habría sacado adelante Empresas Vera.

¿Él fue su financista?

Para nada. Don Rogelio me sentaba y me obligaba a detallar cada uno de mis proyectos de negocios hasta el último centavo. Como decía: *Ask for advice, get money twice.* Así saqué mi primer proyecto de construcción y luego otro, y otro y así...

¿Está bien si le pregunto sobre su juventud?

Vengo de una familia algo excéntrica. Nacimos seis hermanos y nos dieron toda la libertad del mundo. Mis padres no nos imponían una hora de dormir, ni tareas, ni castigos: éramos la envidia de toda la cuadra. Mi madre murió cuando nació mi hermano menor y mi padre no pudo continuar con su vida y se bebió hasta la tumba. Mis hermanos mayores y yo comenzamos a trabajar en cualquier cosa para mantener a los pequeños, pero la única opción que tenía sentido era venir al norte. Dos de mis hermanos menores decidieron quedarse en ese pueblo, y el tercero se mudó a la ciudad en cuanto terminó la escuela.

¿Qué pasó con sus hermanos mayores?

El mayor murió en la frontera y el segundo pensó que sería buena idea seguir el ejemplo de nuestro padre.

¿Cómo afectó esto a su familia?

Nada. Para mí, mi familia es solo la que yo hice. Primero mi esposa Rose, luego nuestros hijos Sara y Samuel, y después vino Vanessa. Los niños nunca conocieron a sus tíos ni a su abuelo. Los padres de Rose fueron muy comprensivos y no presionaron sobre el tema. Y Vanessa, mi segunda esposa, no estaba tan interesada en el pasado. No supe nada más de mis hermanos, y creo que fue lo mejor.

¿Sus hijos no buscaron una conexión más fuerte con sus raíces después de su divorcio?

No, nunca. Rose era una mujer prudente y ella se encargó de reforzar toda la cercanía con sus padres, que también son migrantes. Hicimos un corte limpio, a pesar de todo. Era astuta y, aunque se nos acabó el amor, sabíamos trabajar en equipo con la familia y la empresa. Le debo eso. De hecho, ella tuvo que aprobar a Vanessa antes de que nos comprometiéramos, sin importar que nuestros hijos fueran adultos.

Cambiaremos el tema. Hábleme de cómo llegó a su posesión la muestra.

Mi hijo Samuel y su esposa estaban intentando un tercer ciclo de *in vitro*. Era la primera vez que habían perseverado hasta el segundo trimestre cuando ella desapareció, como mi esposa, mi hija, Rose y todas las demás. Mi hijo no soportó el primer año después de perderlas.

Lo siento mucho. Leí que era alcohólico y murió después de tomarse...

Es mejor no hablar más de eso.

Entiendo, pero esto es solo protocolo, Juan Pablo. Debemos conocer el antecedente genético para definir ciertos cuidados preventivos o terapéuticos.

¿Qué más quiere saber?

Si gusta, pasemos a lo siguiente. Usted tendrá el rol de crianza si este procedimiento resulta exitoso. ¿Está preparado para ello?

Sí. No le faltará nada.

Legalmente, también tendremos que validar su adopción.

Mis abogados están listos.

Tengo que hacerle otras preguntas incómodas. Por favor, solo responda como el padre de familia. ¿Está usted involucrado en cualquier tipo de relación sexual o afectiva abierta o discreta?

Ya no.

¿Tiene alguna preocupación sobre el proceso?

No. Espero que ustedes menos.

¿Tiene alguna pregunta sobre cómo procederá la implantación?

Ninguna. Hagan su trabajo.

¿Ha leído y entendido el consentimiento informado?

Sí.

¿Ha tomado esta decisión libre, sobria y conscientemente, sin presión u obligación externas?

Sí. Esa es la única familia que me queda.

¿Cuenta usted con algún impedimento, defecto fisiológico, enfermedad o discapacidad que no haya mencionado en sus exámenes y pruebas previas?

No lo creo, no.

¿Está usted consciente de las consecuencias potenciales y el significado del documento de exoneración que usted firmará para repeler cualquier acción de persecución legal?

Eso véalo con los abogados.

Esto es lo último. En caso de que el experimento rinda un nacimiento exitoso, ¿está usted dispuesto a acatar los lineamientos, restricciones y requisitos del Proyecto Eva, por el tiempo estipulado hasta la mayoría de edad de su progenie, so pena de persecución federal?

Me dijeron que yo tendría la decisión final.

Sí, pero en este caso se le extenderán recomendaciones de pediatras, psiquiatras, educadores y otros profesionales.

De cualquier forma. Esas decisiones las tomaré solo.

No estoy seguro de que pueda alterar esa estipulación…

Ya verá que sí.

Tres implantaciones exitosas en el Proyecto Eva de repoblación

La República
Jacob Laghari
Washington D. C., 6 de mayo de 2029

El equipo científico del Proyecto Eva ha anunciado la implantación exitosa de tres cigotos con cromosomas XX en sus tres especímenes clonados de chimpancé. El doctor Yizé Zhao, investigador líder del proyecto, publicó un informe para los medios de comunicación sobre el estado de las criaturas hospederas.

El Proyecto Eva fue pactado por más de doce empresas de salud privadas, incluyendo firmas masivas como Pfizer, Merck, Novartis y la *startup* de cuidado familiar Protozoa. El Proyecto cuenta con el aval del gobierno estadounidense bajo un programa de investigación que abra la posibilidad de restaurar la crisis poblacional tras la Exxtinción.

A pesar de autodenominarse "proyecto para la humanidad", el Proyecto Eva ha levantado numerosas quejas de agrupaciones religiosas, principalmente de la Iglesia Católica Romana y el Templo de Andros. Asimismo, activistas por los derechos femeninos, la protección animal y la bioética también han alzado cuestionamientos sobre las implicaciones del experimento en sus sujetos animales y humanos. De cara a estos comentarios, Zhao indicó lo siguiente: "Todas, las tres hembras, están en condiciones estables. Hemos minimizado su rango de movimiento para evitar una conducta que derive en aborto espontáneo o provocado". Zhao también aseveró que las tres hospederas han recibido el mejor cuidado fisiológico, aunado a una dieta altamente supervisada y una terapia regular que preserve su estado óptimo de bienestar: "Garantizamos a nuestros colegas que nos han cuestionado sobre seguridad y respeto interespecie que hemos tomado decisiones serias, conscientes y compasivas".

En cuanto a las reacciones de los donantes de material genético, el documento reitera que su identidad se mantendrá en absoluta confidencialidad para proteger a las familias participantes. Sin embargo, el equipo de investigación ha ofrecido actualizaciones constantes sobre el estado de cada gestación. Además, Zhao confirma que el Departamento de Salud y Servicios Humanos estará ofreciendo acompañamiento en materia de crianza, cuidado y desarrollo para los donantes y sus familias inmediatas.

A la fecha, la documentación relativa al Proyecto Eva permanece restringida para la comunidad científica local e internacional. El acuerdo gubernativo 1121-31 estipula que la documentación se publicará hacia finales de 2055 al concluir el Proyecto en su totalidad. Mientras tanto, la Secretaría de Estado y el equipo de comunicaciones del Proyecto Eva divulgarán las actualizaciones que consideren prudentes en el sitio del proyecto www.worldevaproject.gov y sus redes sociales oficiales.

FILTRAN ESCANDALOSAS IMÁGENES
DEL PROYECTO EVA

Redacción *BuzzFact*
08-11-29 10:04:33

Esta mañana llegó a Reddit una serie de imágenes captadas en secreto desde las instalaciones del Proyecto Eva. El usuario RienDeRien0004000, autoproclamado una cuenta descartable, publicó doce imágenes en r/science con el título *BTS Projet Eva* y un mensaje muy breve: "Abran los ojos a la nueva realidad. Cuenta falsa, como esta farsa". No se ha identificado a ningún usuario relacionado con la publicación, pero se especula que se trata de un técnico empleado en el proyecto.

Inmediatamente las imágenes fueron divulgadas en TikTok, donde el usuario @JanSport90 explica su contenido y provee el comentario de un ginecólogo retirado (@DrSamedi). El video lleva más de 200 millones de reproducciones y ha sido traducido a más de 75 idiomas.

MIRA EL CATÁLOGO COMPLETO AQUÍ.

Se presume que las imágenes fueron captadas con una cámara portátil con escasa iluminación, burlando los estrictos protocolos de seguridad y privacidad del Proyecto Eva. Sin embargo, se distingue con claridad una sala donde reposan las tres chimpancés, llamadas Eva e identificadas por el código de su donante.

Las tres Evas están conectadas a un equipo médico identificado por usuarios como respiradores y sondas para alimento y desechos. Ninguna parece estar consciente, pero varios médicos están manipulando sus vientres con guantes en lo que parecen ser ejercicios de versión cefálica externa, o VCE. Usuarios también señalaron con preocupación el tamaño de los vientres de embarazo, que se perciben desproporcionadamente anchos y presentan sangrado.

La etiqueta #LiberenAEva es la tendencia más fuerte de X a nivel global, con comentarios que cuestionan la humanidad con que supuestamente se desarrollan estos procesos.

Buzzfact contactó a representantes del Proyecto Eva y el Departamento de Salud y Servicios Humanos para responder a esta filtración, pero no ofrecieron respuesta.

COMENTARIOS

@LuisKLTon

Ninguna vida amerita el sufrimiento y el sacrificio de otra. Me rehúso a participar en esta o cualquier otra innovación para reproducirnos.

@MillTomma88

Esos animales están sufriendo. #LiberenAEva y que mejor caiga el puto meteorito.

@RowanTwain7

Ya no quiero vivir en un planeta donde los ricos quieren más hembras para explotar.

Actualización 09-11-29 12:48:02

La cuenta oficial de X del Departamento de Estado ha anunciado el lanzamiento de una investigación para capturar al usuario responsable de la filtración. También ha manifestado que cualquier reproducción de las imágenes podría ser motivo de persecución legal por tratarse de material clasificado según el Acta de Bien Público.

Diario personal

S. Martin
Diciembre 1, 2029

Fue Shimada el que tuvo la brillante idea de reunir a los papás. Cuando le entregaron el primer ultrasonido, él se acercó al doctor Arossio y le preguntó si tendría la posibilidad de conocer a las hermanas de *Emily*. Sí, también fue Shimada el primero en nombrar a su hija. Arossio se apoyó en el psiquiatra para convencer a Zhao de que la unidad y cooperación entre las niñas y sus padres sería una ventaja. Zhao se rehusó al inicio, pero cuando el psiquiatra comenzó a mencionar la identidad de género, la respuesta fue de inmediato afirmativa. Se redactó un acta valuatoria y tanto Kress como Álvarez aprobaron su invitación a conocerse para cuidar la relación entre sus hijas. *Somos una gran familia*, les dijo Shimada, abrazándolos y llorando.

No dejo de pensar en eso. Una familia de un abuelo-padre y un soltero-padre divorciado, sin madres, con un solo hermano y con tres niñas que no tienen un solo gen en común. Qué buena idea para una *sitcom*: tan absurdo e improbable y, sin embargo, tan presente. Julia y yo no habríamos sido buen material para una *sitcom*; tal vez para un drama, pero no uno necesariamente bueno.

Desde ese primer ultrasonido, Shimada comenzó a llegar a diario, sin aviso, para pasar horas junto a su vientre. Pensé que Zhao lo echaría con sus gritos, pero Shimada no se inmutó. Susurró unas cuantas frases en lo que me dijeron que era chino (nadie más aquí le habla en chino, supongo) y Zhao nunca volvió a oponérsele. A la fecha, Shimada pasa horas acariciando y hablándole a la barriga de EVA 1431-001. Otras veces trae una guitarra, o manda archivos con horas de conciertos de jazz en japonés, francés e inglés para que los enfermeros los reproduzcan mientras las chimpancés descansan. Julia era así con Diana, pero no sabría decir si hizo un gran impacto. No sé por qué siento lástima.

Un día, Álvarez vino a un chequeo de rutina, y luego de ver a Shimada bailando a media sala de crianza, regresó con tres canastas llenas de juguetes, ropa y (sabrá Dios cómo los consiguió) pañales. Hace visitas muy cortas cada martes y viernes y exige que los enfermeros y obstetras le resuelvan preguntas que ni él entiende sobre cuadros vitamínicos, estímulos umbilicales y cualquier otra estupidez que seguramente lee en Internet. No hace mucho requirió que comencemos a referirnos a su hija como Anne Marie, como dice que habría mandado por tradición su exmujer.

Kress solo viene si lo llamamos o si Shimada (quien, según entiendo, los ha sumado a un grupo de whats) insiste lo suficiente para que se vean. Kress se conforma con escuchar que todo va bien. A petición de Shimada (sorpresa), un día trajo a su hijo. El chico actuó grosero, se rehusó a acercarse a la sala de crianza y destruyó uno de los lavabos del baño de visitas. Nunca regresó.

Veo las canastas de regalos rosas, las inacabables *playlists* de música estimulante y la avalancha de oraciones, amenazas, denuncias, demandas y cartas de intención que inundan nuestras oficinas. El embarazo solía ser un evento íntimo de una familia que crecía. Julia se ganó el resentimiento de mi madre cuando pidió que, en lugar de regalos, le hicieran donaciones a no sé cuál causa de protección animal. *Si las vacas no pueden quedarse con sus bebés, es absurdo que yo me quede con el mío*, dijo. Yo hice lo que pude para salvaguardar la relación, pero estaba claro que no podían reconciliarse. La llegada de la niña solo empeoró todo. Peleaban sin falta en cada reunión, y cada una se aseguraba de regañarme por comer (o dejar de comer) cualquier producto animal. Por ratos deseaba escaparme de las dos.

Diana tenía unos tres años cuando Julia comenzó a participar en los Cubos de la Verdad. Pasaba la mañana entera protestando en alguna plaza o centro comercial mientras la niña y yo veíamos televisión. Sin falta, a eso de las diez, la sacaba a la heladería y pedía dos conos de doble chocolate a la antigua. Diana, siempre obediente, antes de probar un bocado, me preguntaba si este helado era *seguro y amable*, como Mamá querría.

Sí, amor. Eso es porque está delicioso.

Julia jamás sospechó nada.

PornHub revela sus 10 tendencias más buscadas de 2029

InfoPod
Gunnar Jacobson
20-12-2029

La plataforma más grande de pornografía en el medio digital, PornHub, ha lanzado su tradicional *Year in Review*, o "Retrospectiva Anual", para compartir las tendencias, artistas y búsquedas más populares en el año.

En años anteriores fue sorpresa la expansión masiva de la categoría *Trans* que causó una falla de almacenamiento general en 2027. También dio a conocer la diversificación de más de 900 categorías de pornografía homosexual iniciando en 2025. Tendencias como la "ira alfa" (2024) y las "anudadas" (2026) han levantado cuestionamientos sobre los límites éticos y morales en la plataforma.

Como cada año, personalidades de la farándula, la política, el deporte y el arte marcan tendencias fuertes. En 2029, saltan a la vista las protagonistas del anime

Princess Pink Pansy, el cantante Alfie Duran y hasta unas famosas participantes en un experimento gubernamental.

Sin más vueltas, estas son las palabras más buscadas este año por usuarios.

¡No olvides activar el modo incógnito antes de dar clic!

1. Eva Chimp / Chimp: Desde un video viral que simulaba la impregnación de una de las chimpancés del Proyecto Eva, esta categoría sigue creciendo. Los usuarios comentan que favorecen las imágenes más realistas, con escenarios médicos.

2. Lesbian: Una categoría preferente desde antes de la Exxtinción, no había sido superada en más de una década.

3. Drag Queen: La creciente popularidad de *DragaMuffin*, *Dragtásticas* y *Reina Mundial* ha consolidado el dominio de este género. El lanzamiento de la colección pornográfica de la ganadora de *Reina Mundial 2027*, Perla Patana, continúa siendo un favorito.

4. Trans: Diferente de la categoría *Drag Queen*, esta tendencia destaca por su aceptación de roles más tradicionales y realistas de las féminas. Favoritos incluyen secretarias y maestras.

5. Sharon Stone: Previo a la Exxtinción, la actriz no figuraba en este listado. Sin embargo, la

viralización de sus cincuenta escenas de desnudo en películas hollywoodenses en TikTok ha revivido el interés.

6. "Cómo…": La categoría de "cómo hacerlo" ha crecido considerablemente, en especial cuando se trata de tutoriales para la autogratificación por vías penianas o anales.

7. Gay: La categoría se ha diversificado tanto que ya es cada vez mayor la demanda por sus subgéneros específicos, pero no cabe duda de que sigue siendo un clásico.

8. MILF: Una vieja favorita que poco a poco ha sido desfavorecida. Algunos usuarios comentan que la dimensión maternal ha perdido su novedad.

9. Beta: Inspirado por el círculo de ficción del Omegaverso, esta categoría destaca por sus escenas de violencia y sensualidad animal inspirada por los lobos.

10. Romance: Anteriormente una favorita de la audiencia femenina, esta categoría persiste entre fanáticos del contenido más sutil y erótico.

ASUNTO: Alerta Ámbar – inicio
de labor de parto

DE: zhao.y@evalab.co
PARA: shimada.s@berklee.edu; a.kress@kress.co; jp@
verainc.com; Bcc.
09-01-2030 05:20:53

Estimados:
Esta mañana a las 5:14 hemos comenzado a percibir
contracciones del espécimen EVA 1504-002. Se espera
que los especímenes EVA 1431-001 y EVA 1607-003
inicien su propia labor de parto en un lapso no mayor
a 48 horas.

Para fines de seguridad biológica e informática, se
requiere su presencia inmediata en los laboratorios. A su
llegada, deberán cumplir una serie de protocolos de hi-
gienización y protección personal para seguir nuestros
estándares de seguridad y garantizar un parto exitoso.

También me veo en la obligación de reiterar que esta
será una extracción de emergencia de cara a la funciona-
lidad de nuestras hembras de crianza. Por su naturaleza

prematura, la progenie desarrollada aún requiere de por lo menos 40 días de atención esterilizada en nuestras incubadoras. Esto quiere decir que no podrán tener contacto físico con ellas hasta que nuestros médicos lo autoricen. Cualquier acto de insubordinación será penado por las autoridades.

Zhao

¡ELLAS VIVEN!

El Tiempo
Por: Arnoldo Fuente
10 de enero de 2030 7:02

Bienvenidas sean de vuelta las mujeres.

A través de su cuenta de X, el grupo científico del Proyecto Eva ha confirmado el exitoso nacimiento de tres niñas. Con una imagen muy tierna de los pies de las pequeñas, el portavoz del Proyecto informa que recibieron a "tres chicas perfectamente saludables y fuertes". También extendió una felicitación para las familias de las niñas, que muy pronto podrán llevarlas a casa.

El controvertido Proyecto Eva comenzó en 2027, tras una rigurosa reestructuración de las leyes de bioética y experimentación biológica en Estados Unidos. El proyecto se encuentra respaldado por al menos quince firmas farmacéuticas y laboratorios privados alrededor del mundo. Gracias a su extensa documentación, y de cara a la crisis poblacional, el Proyecto Eva obtuvo varias excepciones y permisos que no suelen extenderse a grupos científicos del sector comercial. En términos sencillos, el procedimiento condujo a la implantación de tres cigotos XX en tres especímenes clonados de una misma chimpancé adolescente con altos índices de salud.

Por su alta confidencialidad, el Proyecto Eva ha suscitado numerosos rumores. Sus directivos informaron que la identidad de las niñas y sus familias debe estar protegida lo más posible, tanto para garantizar su calidad de vida como para preservar y observar los resultados del experimento a largo plazo.

La noticia ha causado furor en redes sociales, donde han surgido nuevos cuestionamientos sobre la transparencia del procedimiento prescrito para los nacimientos y las condiciones de vida para las chimpancés hospederas. Se han registrado mensajes de hostilidad que las políticas de convivencia y seguridad en Meta y X han removido oportunamente.

Actualización 10-1-2030 10:00

El portavoz de Proyecto Eva anunció que estará comunicando regularmente los avances médicos sobre atención postnatal para las niñas. Cuando sus doctores lo permitan, las niñas pasarán al cuidado de sus respectivas familias.

Su Santidad el Patriarca Bonifacio extiende una cariñosa bendición a las #3Hermanas, deseándoles una vida llena de amor, luz y verdad. La comunidad elísea

se solidariza con sus familias y reitera su apertura a un mundo de conocimiento, donde la ciencia y la fe entienden, protegen y extienden la vida.
@ElysiumRex

¿Ya comenzó la cuenta regresiva para que las #3Hermanas cumplan los 18? Es para una tarea.
@marcomarcomm

Es imposible subestimar la depravación del hombre guiado por sus instintos más primitivos para reproducirse. Los Hermanos de Andros condenan categóricamente la crueldad creada para dar vida a las #3Hermanas y violentar la voluntad del Pacto Natural. Este acto tendrá y merecerá consecuencias, acaso tan violentas como su propia infracción.
@TemploAndros

En este planeta, nada es privado. Sepan que vamos a encontrarlas, exponerlas y juzgarlas. Somos Legión.
#SomosAnonymous
@Anonymous

Conoce las recientes ubicaciones que reportan avistamientos de las #3Hermanas. Recuerda activar tu GPS y descargar nuestra aplicación web para reportar cualquier actualización. https://bit.ly/3Ut4fFn
@Infobae

No tengo nada de adivino ni de profeta, pero envidio a aquel idiota que vaya a encontrar a una de las #3Hermanas y que se aventure a vivir lo que tuve con vos. Te amo, maldita sea.
@shaolinfoxy

Todos están muy felices por las #3Hermanas pero quiero recordarles que hay más de 20 millones de huérfanos varones a los que ustedes no les ponen ni una onza de atención. ¿Aún creen que es necesaria la reproducción?
@mtrueno33

Desde ya les apuesto que sus #3Hermanas van a morirse antes de cumplir los primeros 5 años. Ya no tenemos ni pediatras ni obstetras actualizados. #WhatIf
@alancorona89

Tengo la impresión de que estamos pasando a esa parte de la película donde los alienígenas regresan y nos informan de que la estamos cagando magistralmente. Pero bueno, atentos a su vecino si les pregunta dónde puede comprar Barbies. #3Hermanas
@lewisgrxt77

#SERVICIOSOCIAL estoy vendiendo mis cigotos fecundados para quien desee tomar parte en una implantación independiente. Detalles y precios por DM. Solo interesados. #3Hermanas #RapidoYFurioso15 #Eva #ApocalypseNow #Exxtincion #ChimpSimp @woorilin91

Reproducción Artificial:
un nuevo servicio al alcance del 1%

Vanity Fair
Robert Vail
20 de enero de 2030

A pesar de la oposición de algunos grupos religiosos y sociales, organizaciones científicas internacionales han comenzado a convocar a participantes, ya sea como clientes o voluntarios, para conducir interacciones similares a las de aquel famoso experimento de las chimpancés. Con vocablos paralelos como *terapia productiva, sanación trascendental, análisis de progenie* o *curación generacional,* laboratorios y clínicas alrededor del mundo han anunciado sus servicios para extender las dinastías. Las primeras consultas rondan los $50 000 en cuota de iniciación y requieren una rigurosa verificación de antecedentes.

Pero si está usted ahora abriendo Google para encontrar clínicas y laboratorios, permítame ahorrarle los megabytes al decir que estos servicios están limitados a una lista confidencial de invitados. Un informante anónimo compartió con *Vanity Fair* una de estas invitaciones, patrocinada por una organización fiscal privada que prefiere limitar su disponibilidad. El informante aseveró que ha recibido media docena de solicitudes a través de círculos de negocios y otras actividades más privadas, pero que claramente existe un sesgo de exclusividad para los convocados, principalmente basado en su valor neto.

Uno de los convocantes más públicos, la Iglesia de la Cienciología, ha ofrecido un servicio de veneración llamado "Chispa de la Existencia", disponible para sus miembros más exclusivos y todos aquellos usuarios preferenciales que buscan expandir su misión con suficientes fondos. La Iglesia fundada por L. Ron Hubbard decidió abandonar su acostumbrada confidencialidad para lanzar una campaña masiva de lo que ha decidido llamar la "conversión e iluminación para formar la nueva generación". Sus redes sociales y medios digitales indican que aquellos interesados solamente deben acercarse a su centro cienciológico más cercano para recibir su primera prueba y orientación. Hemos preguntado a varios de sus miembros, pero han rechazado respondernos.

Tras depurar una lista de clínicas de fertilidad y salud sexual vigentes, *Vanity Fair* ha enviado numerosas solicitudes de información sobre los requisitos, estándares e implicaciones para calificar para uno de estos codiciados programas. Sin embargo, todas estas misivas han recibido respuestas agresivas de sus representantes legales, al grado de que me siento en la obligación de extenderle una disculpa formal a nuestro abogado líder en esta nota (lo siento, Dave).

Ahora bien, está muy claro que en esta grandiosa época de la humanidad, estamos viviendo eso que solo la ciencia ficción quiso ponderar. Lo que pocos pensamos al reírnos de *Amazon Women on the Moon* o *Y: The Last Man* fue que nuestro futuro estaría totalmente dictado por las ventajas económicas y sociales de los que pueden (y creen que deben) dictar el futuro de nuestro planeta. Pensemos por un momento en la influencia de los hermanos Sackler en la industria farmacéutica. ¿Quién se sorprenderá cuando en unos años recibamos la noticia de un adorable heredero del opio para la nueva generación? Dicen que el Proyecto Eva fue "enfocado en el mejoramiento creativo, intelectual y fisiológico de la humanidad a través de los genes más resistentes y adaptables a un ecosistema de adversidad". Pero existe suficiente espacio para especular que estas decisiones corresponden más a intereses socioeconómicos que científicos. Y no quiero traer a colación la infame palabra con E que rima con *magnesia*, pero es bastante cuestionable que existan límites tan *numerosamente restrictivos* para un derecho que antes fue tan natural como la existencia misma. ¿Quién decide ahora quiénes pueden procrear y quiénes no? ¿Qué nos hace dignos o acaso capaces del milagro de la vida? *¿Estás ahí, Dios? Soy yo, La Mano Invisible.*

Billboard Hot 100 #1

Artista: Baron Badly
Álbum: *Fiesta en el tope* (2030)
Canción: "Nota de voz"
9 de febrero, 2030

Pregúntame dónde estaba, qué pensaba, qué pasaba.
La verdad no me importaba dónde iba, a quién besaba,
pero estabas preocupada, alterada, excitada
esperando mi llamada.
Óyeme tú ahora, no hay engaño sobre aviso.
Me rogabas compromiso,
no me pedías ni un permiso.
Te la di de aquí hasta en el piso
y el destino así lo quiso.
Me llorabas y pedías,
me alargabas to'os los días
y me hablabas del Mesías,
los ayer y todavías.
Lo llamabas tu poder, que yo no podía ver,

un señor y un deber: la rutina de ceder,
de adorarte y prometer
que no me aburriste ayer.
Ya ni a ti te pude ver
y me quedaste a deber
y tu amiga no va a hacer
lo que va a satisfacer mi antojo al amanecer.
Hasta que me deba detener:
es tremendo mi poder.
Y antes de que te levantes
y reclames mis desplantes,
oso decirte que antes
de llenarte de diamantes,
de callar para que aguantes
y dejar a mis amantes—oye
te recuerdo: soy solitario
Y mi tiempo es también precario.
No me importa si es litio o bario,
tengo el don de lo estrafalario
y de amarte en lo gregario.
Y vas a callar que es para mí
cuanto digan más allá de ti.
Qué te digo, ya todo lo vi,
pero si te urge pregúntame a mí…

Interscope Records 2030 ®

Notas de sesión grupal: Álvarez, Kress & Shimada

Doctor Sikiru Musa - Psicólogo
Agosto 15, 2030, 14:00

Iniciamos nuestra sesión a las 11:00. Sin embargo, Shimada había llegado al consultorio 45 minutos antes para "permitirle a Emily familiarizarse con el ambiente". Shimada acompañó cada uno de sus movimientos, mostrándole elementos de la sala de espera y guiándola hacia diferentes sonidos y texturas. Cuando la niña se cansó, Shimada sacó una flautita y siguió jugando con ella.

Álvarez llegó a las 10:55 exactas, con una banda de guardaespaldas que insistieron en revisar el consultorio antes de comenzar. Traía a dos niñeros que se sumaron a la sesión. Me indicó que Phil se encarga de la comida y Kyle de la limpieza, y reiteró que ambos son pediatras en un listado de turnos rotativos para que Anne nunca esté "descuidada". Anne parece una niña muy calmada (tal vez demasiado) y pasó la mayor parte del tiempo en su carruaje rodeada de juguetes.

Kress llegó a las 11:15, cuando ya habíamos terminado la sesión inicial de vinculación y terapia física. Le insistí que tomara unos minutos para cambiar y limpiar a la niña, que venía sucia y cubierta de restos de comida. Parecía algo distraído o atareado: quiso convencerme de que acortáramos la sesión para que él regresara a casa a cambiarla. Por suerte, uno de los asistentes de Álvarez la tomó y la devolvió en instantes, con todo y un cambio de ropa nuevo.

Esta es nuestra tercera sesión de terapia grupal de juego y vinculación. Fuera del inicio accidentado, la sesión continuó en orden según se había programado.

Actividades

Saludo y reconocimiento de entorno.
Musicoterapia y estimulación verbal.
Estimulación sensorial (burbujas y aromaterapia).
Destrezas motoras (pintura de dedos).
Juego libre.

Observaciones: Kress

- Kress no parece emocionalmente preparado para las demandas de su hija. Se frustra muy rápidamente cuando ella no se adapta a las actividades. Dice que su hijo no era así.
- Charlotte llora más seguido que las otras niñas. También está un poco más atrasada que sus "hermanas" en cuanto a capacidades motoras y respuesta

emocional. No balbucea ni responde a otras personas. No muestra mucho interés en su entorno.

- Recomiendo a Kress terapia personal. Se sospecha que él está experimentando dificultades emocionales. Sugerir terapia familiar para él, el abuelo y el hijo.

- Charlotte reporta dificultades para dormir, llanto frecuente y bajo peso. Kress no indicó si ha iniciado educación para sueño o introducción de alimentos sólidos. Consultar al pediatra.

Observaciones: Álvarez

- Álvarez se muestra ambivalente en su vínculo con Anne. Insistió en involucrar a los "niñeros" e hizo múltiples preguntas sobre seguridad, salud e higiene. Cuestionó cada actividad e hizo varias anotaciones para consultar con otros especialistas. Álvarez no cumplió a cabalidad los juegos y actividades, pero en su ausencia cooperaron los niñeros. La niña no expresa preferencia afectiva hacia ninguno de los tres. No establece mucho contacto visual.

- Anne ha respondido consistentemente a su entrenamiento del sueño. Uno de sus cuidadores reporta que ha sido introducida a varias papillas por recomendación del nutriólogo y del chef. Anne está arriba de la media de peso. Se recetó más actividad física.

- Se sugirió literatura sobre vinculación afectiva para motivar desarrollo verbal y reforzar su salud emocional. Álvarez necesita tomar un rol más activo en la crianza.

Observaciones: Shimada

- Emily muestra una mayor respuesta a la estimulación. Es también la más avanzada en destrezas sensoriales y motoras, incluso contra promedios históricos. Balbucea muy seguido y ya identifica varios objetos. Muestra un apego fuerte hacia su padre: llora al alejarse de su rango visual, pero responde muy bien a juegos una vez que se familiariza con el adulto en cuestión. Sonríe más seguido que las otras niñas.

- Shimada indica que Emily no tiene entrenamiento de sueño pero se ha ido adaptando poco a poco. También reporta que Emily ya trata de alimentarse con fruta molida y papilla.

- Shimada se muestra un tanto ansioso al separarse de la niña, incluso para atención médica. Fue el más entusiasta en las actividades y el único en motivar la interacción entre las niñas.

- Emily está en peso y talla adecuados. Ya gatea con una gran destreza.

- Shimada manifiesta un poco de ansiedad, natural para la etapa. Se recomendó, de manera general, un mayor contacto con las hermanas para fortalecer sus capacidades sociales.

Mi conve, mis hijos y yo: la verdadera familia moderna

Slate - "Sección Vida"
Por: Raulf Merle-Sanchez
14 de febrero de 2031

Abel, 45, es cardiólogo titular del hospital de Rochester, NY, desde hace casi una década. Criado en un hogar católico y de clase media, siempre se consideró un hombre tradicional. Cuando se casó con Cindy en 2017, ambos acordaron que ella se ocuparía del hogar y él sería el proveedor. Mientras la carrera de Abel demandaba más tiempo y esfuerzo, Cindy se convirtió en la lideresa del hogar y la familia. La pareja tuvo tres hijos: Jane (extinta), Hugo (14) y Paul (12). Cindy no solo los crio como estudiantes estrella, sino que sumó a sus extracurriculares el voluntariado y la caridad.

"Cindy era una madre maravillosa", dice Abel: "Todas las noches comíamos cenas dignas de un príncipe, pero la mejor parte era escuchar a los niños con historias de sus experiencias en la residencia de ancianos, el refugio de animales o en el jardín de niños. Yo podía confiar en ella para que la familia creciera de acuerdo con nuestros valores".

Cuando Cindy desapareció, junto con su hija, en 2025, Abel perdió el control total de su familia. Mientras sus pacientes reportaban más y más graves aflicciones, Hugo y Paul estaban cada vez más necesitados de atención y cuidado. Abel se encontró en el ojo del huracán, sin la menor idea de cómo cocinar un pollo, cómo hacer un disfraz de Benjamin Franklin, cómo lidiar con un bravucón, cómo impartir un castigo o cómo devolverles a sus hijos la sana y tranquila estructura que se había cultivado.

Una noche, mientras los niños dormían, Abel decidió salir por una copa a su bar preferido (una decisión que él definitivamente no recomienda pero no lamenta). La Bohème es un pequeño bar urbano con una clientela muy específica que odia el reguetón y sabe apreciar un buen martini. Abel y sus colegas solían pasar un par de veces por semana para aliviar la tensión de los procedimientos más complicados. Justin Salazar, el dueño, correspondía a su lealtad y sus propinas con preferencias musicales y alguno que otro vaso de wiski del estante más alto. La noche en cuestión, Justin encontró a Abel derrotado y bebiendo a solas. Bastaron unos minutos para que el doctor le confiara su pesar. Justin, 43, admite que esa fue la primera vez que conectó emocionalmente con su cliente regular.

Creo que los dos cargábamos un dolor inconfesable. Yo mismo perdí a mi hija Verónica ese año, y me pasaba las noches en piloto automático después de llorar todo el día sin levantarme de la cama. Finalmente me diagnosticaron fibromialgia. Me sentía cada vez más débil y enfermo, pero era imposible que yo descansara si quería mantener el negocio a flote para pagarme un tratamiento.

Abel y Justin continuaron sus conversaciones por teléfono y por chat, apoyándose durante el día y compartiendo consejos y detalles. Abel le pagó sus medicinas a Justin; y Justin llegó a la casa de Abel para enseñarle a cocinar. Poco a poco, comenzaron a pasar más tiempo juntos, conversando, comiendo o jugando con los chicos. Un día, Abel le formuló a Justin la pregunta que definiría el resto de sus vidas: "¿Quieres casarte conmigo?".
Justin lo recuerda ahora con jocosidad:

Pensé que Abel estaba borracho, pero luego lo veo ponerse muy serio y explicarme que podría postularme a un tratamiento profesional para mi enfermedad si tan solo pudiera inscribirme en su seguro. Luego comenzó a hablar sobre lo bien que lo pasábamos jugando FIFA con los niños. Y por último me aclaró que este sería un acuerdo estrictamente protocolario para que ambos sacáramos provecho. Yo viviría en el cuarto de huéspedes y me convertiría en el *funcle*, el tío divertido que Hugo y Paul nunca tuvieron. Abel se encargaría de darme un hogar y comida a cambio de que yo acomodara mi trabajo para mi salud. No encontré una sola razón para objetar.

Una semana después, Abel y Paul se casaron en el juzgado de Rochester. Así se convirtieron en *conves*, o *convies*: esposos en el sentido estrictamente conveniente de la palabra.

Gracias al reconocimiento del matrimonio igualitario en la mayor parte de Occidente, el proceso legal para unir a dos hombres es difícilmente una novedad en esta década, pero cada vez son más los hombres exigiendo el derecho al matrimonio igualitario en Asia, África y Medio Oriente, culminando con la aprobación del matrimonio gay en Qatar en 2028. Lo que molesta a activistas LGBT+ y a muchos abogados y jueces de derecho familiar es que esta nueva y abierta modalidad está orientada al beneficio individual antes que al familiar. Arran Fraiser, abogado especializado en derecho familiar, no lo ve como un problema:

La conveniencia es la razón original del matrimonio. Veámoslo desde las tribus preagrícolas: la unidad de pareja siempre fue un objetivo de alianzas, riquezas y movimientos políticos. Estamos tan embelesados con el amor romántico del siglo XIX que nos cuesta recordar que esta fue, históricamente, la manera legítima de crear nuevas dinastías y unidades familiares.

Fraiser también señala que ningún elemento dentro de la ley estadounidense (y en muchas constituciones europeas) restringe el matrimonio con base en el tipo de intimidad y rutina doméstica que sostendrá la pareja. "Sé decirle que muchísimas parejas heterosexuales que yo divorcié definitivamente pensaron en la conveniencia antes que la convivencia", agrega Fraiser. La tendencia del *conve* ha crecido de manera considerable en los últimos cinco años, reactivando la industria de las bodas y ampliando una nueva demografía para el matrimonio por camaradería, para criar a los hombrecitos que saben cuidar de los suyos sin depender de un afecto romántico-sexual. Planificadores reportan un incremento de más del 40% de celebraciones de matrimonios *conve*, que incluyen barriles de cerveza, encuentros deportivos y *buffet* de barbacoa. Varios proyectos inmobiliarios para el matrimonio *conve* incluyen dos habitaciones principales separadas por un pasillo. Incluso en California se habla de crear beneficios especiales para parejas *conve* que deseen adoptar.

Esta es la parte donde objeta Paolo Zayas, activista LGBT+:

Hemos luchado por el reconocimiento de nuestra unión como una parte fundamental de las familias diversas de nuestro planeta. Nuevamente, los heterosexuales están apoderándose de un espacio que fue ganado para nuestra gente y que ahora representa un recorte de impuestos y una ampliación de beneficios del seguro social. Incluso están coartando nuestros derechos de adopción para formar familias. Es totalmente inaceptable. Están creando una nueva cultura de rechazo al amor homosexual.

Pero Fraiser recalca que esta crítica también raya en hipocresía, puesto que la comunidad LGBT+ reconoce a los matrimonios arrománticos, asexuales o antinatalistas (*childfree*):

Es hora de que aceptemos que la vida en este planeta ya no se trata de procrear, sino de sobrevivir. Cuanto antes nos despojemos de estos prejuicios estúpidos, más fácil será que aprendamos a vivir lo que nos queda. Cásense como quieran. Tengan el sexo que les guste. Aprovechen sus derechos. Les repito que no estamos viendo nada nuevo cuando de matrimonio se trata. Este siempre ha sido un juego individual.

Cómo perder a un hombre en 12 días: o la venganza del nü-romcom

AV Club
Jermaine Abara
Mayo 27, 2032

Imagino que muchas de mis referencias a *My Little Pony* y *Masters of the Universe* delatan que no soy un crítico joven. Pero por eso, a diferencia de muchos colegas, puedo hablar de la era dorada del *Romcom* o *Romantic Comedy*. Verán, chicos, en los años 90 estas películas eran eventos canónicos, con fórmulas tan precisas e infalibles como las de las películas de Marvel que siguen viendo en los cines. Tomábamos a una actriz absurdamente bella y en lugar de una personalidad le dábamos una lista de características aspiracionales: una perfeccionista adicta al trabajo que no cree en el amor y tiende a tropezar todo el tiempo. Le dábamos un trabajo de moda (ella no era una tonta amita de casa, sino una editora de revista o una chef renombrada) y le buscábamos al más reciente chico malo de las taquillas de acción o drama para interpretar a su verdadero amor. La comedia venía de los malentendidos más básicos y tontos, ambientados con muchísimas canciones pop y momentos adorables frente a un monumento o paisaje natural. La mayoría de los veteranos fuimos arrastrados a la función por una chica a la que queríamos impresionar con nuestra sensibilidad, y unos pocos admitiremos que lo pasamos bien.

Por eso me alegró tanto que N. Daysi Shyamalan haya decidido revisitar el clásico de 2003 *Cómo perder a un hombre en 10 días* (Donald Petrie). Lo primero que aprecio es que Shyamalan decidió que fuera una película de época. En unas cuantas secuencias logra capturar la esencia de la antigua Nueva York: tan frenética, vibrante y romántica que se antoja vivir en ella. Pero la tarea más pesada recae sobre los hombros de los protagonistas. En esta entrega, John Mackenzie debuta en el rol de la extinta Kate Hudson como Andie Anderson, una columnista que se propone escribir un artículo sobre todo lo que una mujer no debería hacer para mantener a un hombre interesado. Por otro lado, tenemos al carismático Marlon Maynes, heredando el papel de Matthew McConaughey como Benjamin Barry, un publicista que apuesta que puede hacer que cualquier mujer se enamore de él en cuestión de días. Mackenzie y Maynes llevan un diálogo más preciso y veloz que sus predecesores, pero su química es un poco menos caótica. Su dinámica es auténtica y magnética, y le da un tanto más de credibilidad a una premisa que podría sentirse forzada.

Ambos actores operan con una confianza y sensualidad que es imposible no envidiar. Son menos caricatura y más carácter, con posturas tan lógicas como ocurrentes, y con referencias pop que alegrarán a los veteranos y jovencitos por igual. Demos gracias a Lionel Palladino por ese guion que une a Leono con Usher. No es material para los Óscar, pero las prótesis, el maquillaje, el vestuario y el peinado que ostenta Mackenzie definitivamente merecen un alto honor. Y yo sé que nadie escapa de la controversia, pero Mackenzie, que viene de una tradición más orientada a Shakespeare que a RuPaul, tiene un prometedor futuro en la interpretación de roles femeninos. Sabe representar la coquetería y la majadería sin perder el encanto, el glamour y la sexualidad que se extinguieron. La industria está a sus pies, y estoy seguro de que no dejaremos de verlo en doce días.

Se aproximan adaptaciones de *¿Bailamos?* y *Experta en bodas*. Esta es una buena cinta para comenzar a familiarizarse con el género, amigos. O bien, hagan como yo y disfruten nuevamente la nostalgia de la chica que los arrastró a un cine con la pretensión de besarse y terminó dejándoles un recuerdo de película.

El día que no volviste – Javier Centes

Revista *Lagarto Azul*
Claustro de Jóvenes Poetas 2032
Selección ganadora: Ciclo de la Carencia

Empezó como todos los sábados,
esperando a que volvieras con el café
y me contaras ese sueño estúpido donde
las aves tenían dientes.
Por semanas pensé:
Soy ese idiota,
el que te sostuvo tranquila en la playa
mirando las gaviotas fundirse con el sol.
Soy el idiota que te dijo
no me importa lo que querrás
y me sentí una maldita y poderosa montaña
sin saber que vos eras la nube atravesándome
callada. Porque entonces no dijiste nada
y debí suponer que ni una de tus iras
fulminantes podía compararse con la

crueldad con que me desplaza tu boca.
Juré que no importabas y me encaramé en el tejado,
como lo hacía cuando era un niño
con un cigarro y un chocolate
para arrancarme el sabor de tus secretos.
Y estaba tan seguro de que te vería de nuevo,
que me fabricarías otra coincidencia
en la esquina muerta de la avenida.
Así que por días fui ese imbécil,
el que te esperaba,
y se atormentaba pensando en las manos
que corrían tu vestido
y las sílabas absurdas que se enredaban
con tu risa.
Me pasaba los días jugando a perderte,
acariciando el hueco de tu sueño en la almohada,
tentando la ficción de tu afecto,
hasta que desperté como ese maldito fantasma
que habita tus quizás.
Soy ese imbécil
que añora el humo de tu cigarro
y la suave apatía con que lo exhalan
tus labios dorados.
Porque te juro que así es un beso de la posibilidad
y solo sigo esperando que sea algo más
porque soy así de idiota.

Karla Kress: la mujer de una EVA

Rolling Stone
Por: Jay Orson
12 de julio de 2032

Hace apenas un año, Karla Kress era un nombre olvidado por el tiempo. ¿Alguien vio *Arpías asesinas IV*? O bien, aquella comedia sobre un hombre con un micropene, *Pequeño problemita*. No, ella no era la protagonista, sino la barista en la escena de la reconciliación. ¿Aún no? Ok, vamos por su muy prometedor rol en una *indie*: *La vaca*, donde ella aparece brevemente desnudándose mientras baila en un tubo. ¿Ahora sí?

Karla Kress fue una de esas mujeres que Hollywood masticó y escupió, destinada a olvidarse entre los papeles de divorcio y los listados policiales de la Exxtinción. Sin embargo, Karla no sospechaba que ella se convertiría un día en la mujer más codiciada y conocida del planeta al convertirse en una de las madres de la Nueva Edad.

¿Cómo pudo pasar? Son misteriosas las rutas del amor. Jesse Colt conservaba una de las células reproductivas de Kress en su congelador. Al parecer, ella había retirado del banco de fertilidad sus óvulos viables sin fertilizar y los había olvidado en el fondo del congelador, quizás por no saber cómo disponer de ellos. Colt admite que la relación había terminado mucho antes de la Exxtinción, pero al descubrir el recipiente, corrió al centro de fertilidad buscando la oportunidad de un tratamiento. Su muestra fue procesada, pero la implantación (como todos los procedimientos independientes reportados a la fecha) no fue exitosa, ¿o sí? Fue ahí donde Colt recibió la noticia de que su óvulo ya tenía más de un descendiente en el registro de 23andMe. Jesse recibió la estremecedora noticia de que su amada no solo venía de un turbulento matrimonio anterior, no solo abandonó a un niño con su ex, sino que trajo al mundo a una niña viva.

Tras una ardua investigación que incluyó por lo menos cuatro arrestos, TMZ ubicó y reveló a una de las bebés milagrosas del Proyecto Eva: hija de Karla Kress y su anterior marido, Jason Kress, un programador que muchos llamarían más astuto que guapo, pero extraordinariamente suertudo. Asediado por múltiples medios, Jason Kress ha revelado las fotos de la hija de la extinta Karla Kress, la nueva bebé celebridad del planeta.

A partir de este descubrimiento, el nombre de Karla Kress finalmente abandonó la oscuridad de los créditos de extras para relucir en todas las portadas. Sus películas son ahora productos de alto valor, y una serie de imágenes sensuales producidas por Penthouse en impresión original fueron subastadas por más de un millón de dólares. Gracias a la tecnología de reconstrucción física y vocal, Karla es ahora el rostro de más de 200 marcas, e incluso se rumora su participación en una película y un álbum de música pop. Jason Kress ha jurado que hará todo lo posible para recuperar la feminidad con el amor y fantasía que Karla inspiraba.

¿Y la niña? Charlotte Kress ahora cuenta con una audiencia de más de 150 millones de seguidores en Instagram y 200 millones en TikTok. Su padre, que maneja las cuentas sociales de una bebé de dos años, ha explicado en un video de YouTube que ve en Charlotte una oportunidad para ser la modelo femenina ideal para todas las chicas que vengan.

"No será como otras chicas, claro que no. Charlie está feliz de conocerlos y estoy seguro de que verán con gran gusto cómo rompe esos paradigmas ridículos", cuenta Jason mientras carga a la niña, vestida con un overol de lona, desde su sala de la casa. Jason asegura que ella jamás tendrá que someterse a las expectativas castigadoras de las mujeres del pasado.

En otro video, Jason y Charlie replican los looks más icónicos de su madre, en sus roles como extra en los *blockbusters* de los 2010. Dice Jason: "Estoy muy orgulloso de tener esta segunda oportunidad con Karla.

Sé que no teníamos la mejor relación, pero ahora podemos darle al mundo un poco de alegría. Cuando vengan otras generaciones, recordarán lo importante que es creer en los sueños. Charlie dice: ¡*bye!*".

No cabe duda de que solo en Hollywood pueden lograrse tremendas vueltas de suerte. La familia de Kress es el nuevo emblema de todo lo soñado por un hombre: esposa bella, vida feliz, hija exitosa y audiencia que clama por más.

L'Oréal: la revolución de la belleza clásica masculina

Forbes
Alexander Moore
Septiembre 2, 2032

En su reciente reporte del segundo trimestre, L'Oréal se ha consagrado como la marca de belleza más grande y exitosa de la historia, aun en la década más complicada para la industria del maquillaje. Superada la primera década desde la Exxtinción, Mario Ramazzino, CEO de L'Oréal, conversó con *Forbes* sobre la importancia de la transformación en los negocios, especialmente de cara a la crisis.

Hacia 2026, más del 80% de marcas de belleza originadas en Europa y Norteamérica habían sucumbido a la bancarrota. La categoría hizo su primer giro hacia la priorización del mercado LGBT, con productos para personas trans o artistas de drag. Sin embargo, este sector no deja de reducirse a un nicho con necesidades muy difíciles de aterrizar en una estrategia de mercado masivo. Mientras muchas marcas se asentaron como los faros de estas pequeñas comunidades de consumo, Ramazzino decidió revolucionar el mercado, desafiando los paradigmas de masculinidad como los conocieron los fundadores.

El lanzamiento de Apollo fue la apuesta más peligrosa de Ramazzino, pero sus ganancias ascienden ya a los 20 millardos de dólares anuales. Si bien inició como una marca de cuidado para la piel y el cabello, poco a poco fue introduciendo productos que elevan (no ocultan) el atractivo natural del hombre. Ramazzino, aliado a Eli Dini, autor y director de la agencia McKenna 55, trajo a la vida el maquillaje masculino, con un concepto más fresco, relajado y confiado que nunca tuvieron las marcas femeninas de la casa L'Oréal. "Estábamos asustados al principio", dice Ramazzino.

Muchas marcas habían intentado acaparar al cliente varón, pero siempre tenían un dejo demasiado afeminado. Apollo no es como el maquillaje de las mujeres: no es una máscara para la vanidad, sino un arma para la seguridad. La imagen, después de todo, es nuestra primera línea de comunicación. Tenemos que vernos como somos: valerosos, confiados y, sí, sensuales.

Apollo cuenta con más de cincuenta productos, desde bases faciales, pasando por delineadores, hasta compactos para párpados, mejillas y mentón. Su línea premium, Olympus, obtuvo el espacio más caro de publicidad en el Super Bowl con su campaña viral *The Ultimate Champion*, protagonizada por Noah Centineo. Posteriormente, los productos se agotaron en todas las distribuidoras virtuales.

Atrás quedaron los días de los youtubers exuberantes y las *influencers* inalcanzables. Olympus cuenta con una amplia comunidad de microinfluenciadores que incluye músicos, deportistas, escritores y hasta *gamers* que han encontrado en el maquillaje una herramienta poderosa para personificar el carácter y fuerza que llevan en su interior. La encuesta más reciente de Statista revela que más del 45% de hombres utilizan maquillaje a diario, un incremento del 6% sobre la equivalente femenina histórica. Warrior, la línea juvenil que se lanzará a finales de este año, cuenta ya con más de 200 millones de vistas en su tráiler de lanzamiento, y sus pedidos iniciales sobrepasan los 500 millones de dólares solo en Estados Unidos.

Ramazzino indica que la marca estará en constante expansión en 2033, con un acercamiento más diverso para los mercados de Asia, África y Medio Oriente.

En esta última región podría despegar una valiosa oportunidad tras el Acto de Liberación de los Emiratos, que ha levantado las restricciones para alcohol, productos sexuales e incluso líneas estéticas. Estamos en una nueva era para el varón y queremos que se disfrute y goce a plenitud. L'Oréal es solo el arma para que él, sin excusas ni pretextos, salga a la guerra a relucir.

ASUNTO: Educación para Emily

DE: jp@verainc.com
PARA: shimada.s@berklee.edu; Bcc.
11/1/2033 17:12:33

Buenas tardes, Steve.

Espero que se encuentre bien. No había encontrado el momento para agradecerle el detalle de cumpleaños para Anne Marie. Me informan que el disco ya es uno de sus favoritos y suena varias veces al día en la casa. Y mis asistentes definitivamente lo prefieren a las canciones tradicionales de niños, así que considere el agradecimiento multiplicado. Lamento mucho que no hayamos podido coincidir en la fiesta de cumpleaños, pero espero que Emily haya disfrutado de la canasta de juguetes que nosotros enviamos para su celebración.

En otro tema, me interesa hacerle una proposición. Recordará que el doctor Devi nos confirmó que las niñas deberían comenzar su educación escolar. Sé que el laboratorio y los doctores tienen alineada una propuesta pedagógica, pero estoy dispuesto a invertir en una experiencia más amena para mi hija, y me gustaría que Emily se sumara. Devi me dice que las niñas se beneficiarán enormemente de la interacción, y usted y yo sabemos que ya tienen un vínculo muy especial. He dispuesto un ala de nuestra casa como espacio escolar, con áreas de creatividad y recreación y un aula para que las chicas reciban sus lecciones con los mejores. Tendrán sus clases esperadas de lenguaje, matemática y ciencia, pero también podremos complementar con idiomas, artes plásticas y música (aunque ahí sí espero su asesoría). La idea es que tengan la mejor experiencia educativa y estén seguras y contentas.

Zhao ha aprobado la propuesta luego de que la junta directiva respaldara mi programa. Él y su equipo tendrán un par de días al mes para completar sus exámenes acordados por el Proyecto, y se les enviarán actualizaciones constantes del progreso de las niñas para que se entretengan con sus análisis. Eso sí, me rehúso a que las niñas sigan en esos mugrosos laboratorios. Esta es la forma más sana para que crezcan y se sientan en casa.

De más está decirle que este es un regalo para Emily: no espero ningún pago más que su respeto y discreción. He estado muy preocupado por las decisiones estúpidas de Kress de exponer a la niña a los medios. Entiendo que los especialistas del Proyecto hayan decidido protegernos con sesiones privadas, pero me parece injusto que Anne pierda la compañía de sus hermanas por la avaricia de ese perdedor. Y ni hablar de los peligros a los que podría exponer a nuestras hijas. El mundo sigue y seguirá lleno de enfermos. Pero tan solo le ruego que no le comparta los detalles a Kress (entiendo que ustedes no tienen ningún contacto desde aquel incidente, pero prefiero ser claro).

Le estoy adjuntando en este mensaje la propuesta de profesores y materias para que usted la revise. Mi asistente educativo podrá atenderlo en cualquier momento que usted lo desee para resolver dudas. ¿Le parece si nos reunimos para iniciar las clases este próximo jueves? Drake le enviará los detalles de la cita y coordinará su transporte.

De nuevo, muchas gracias por su regalo y muy buenas tardes.

Atte:

JP

¡Charlie Kress está hospitalizada! Esto es lo que sabemos sobre la delicada salud de la Nena de Hollywood.

The Hollywood Reporter
Skyler James
15/9/2033

LOS ANGELES. Charlie Kress, la nueva primera actriz de Hollywood, ha sido hospitalizada tras un ataque pulmonar que la dejó inconsciente durante la alfombra rosa de su último lanzamiento cinematográfico: *Less Bitter, More Glitter* dirigida por Shane Black. Reporteros y usuarios de redes sociales captaron en video el momento en que la pequeña Charlie, acompañada de su padre, Jason Kress, caminaba al Teatro Dolby. A su llegada, Charlie aceptó algunos obsequios de fanáticos, se tomó un par de *selfies*, firmó (o más bien garabateó) autógrafos y luego se encaminó al escenario principal para las fotografías de prensa. Pocos minutos después de llegar, la pequeña comenzó a toser violentamente y perdió el conocimiento. Los encargados llamaron a los paramédicos y, de inmediato, trasladaron a la pequeña Charlie a Cedars-Sinai.

Los fanáticos y coestrellas de Charlie no tardaron en acudir a las redes sociales para transmitirle sus buenos deseos y oraciones. "Estamos devastados por la noticia de nuestra Nena. Le deseamos una pronta recuperación y que no le falten los chocolates", publicó Shane Black minutos después del ingreso de Charlie en el hospital. A pesar de la situación, la premiere continuó su programación y no se reportan cambios en las fechas de lanzamiento.

Cuatro horas después de su hospitalización, la cuenta oficial de la estrella reportó que Charlie se encuentra estable, y que sus fallos de salud se deben a un agotador itinerario de grabaciones. El mensaje en Instagram y X reza: "¡Hola, Charleaders! Estoy bien. No es fácil estrenar cuatro películas, grabar un disco y lanzar una línea de moda en un solo año. ;) Pronto estaré de vuelta para deleitarlos con más. Mientras tanto, no se pierdan #LaNenaDePapá en cines esta semana".

Seguido de este mensaje, múltiples usuarios digitales movilizaron la etiqueta #MejórateCharlie para expresar su apoyo a la actriz, así como algunas preocupaciones por su atareada agenda a una edad tan corta. En los videos de CNN, expertos en lectura de labios han insinuado que la niña le avisó a su padre que se sentía mal, pero el mismo le aseguró que se trataba de un poco de nervios. En otra escena, divulgada por una cuenta anónima de TikTok, se observa al asistente del señor Kress ofreciéndole un jugo y unas galletas a la niña antes de pasar a la alfombra rosa. El padre inmediatamente las rechaza y ordena a Charlie que apresure su paso y sonría para los periodistas.

No se han emitido nuevas noticias sobre el estado de salud de Charlie, y tampoco se reportan retrasos en sus compromisos mediáticos y profesionales para este año. Se desconoce también si sus médicos tratantes han establecido algún acuerdo con los especialistas del Proyecto Eva, que dio a luz a Charlotte Kress y que continúa monitoreando su estado fisiológico para fines científicos.

Sin embargo, corren múltiples rumores en línea sobre el estado de salud de Charlie y la realidad de su situación profesional y pública. En una publicación ya eliminada de Reddit, una presunta enfermera de Cedars-Sinai compartió una imagen de los registros médicos de una C. Kress a quien se le realizó una resonancia magnética y una batería de exámenes que incluyen una crioterapia y una endoscopia.

Otra publicación en la misma red asegura que la condición de Charlie no es un problema de salud sino un ataque perpetrado por el Templo de Andros, una organización religiosa radicalizada que ya ha expresado su rechazo hacia la reproducción de seres humanos biológicamente femeninos, incluyendo amenazas de muerte contra Charlie y hostigamientos hacia sus "hermanas", aún anónimas, del Proyecto Eva.

Por lo pronto, se espera que Charlie vuelva a los escenarios antes de que concluya este mes, para su aparición especial en la final de *The X Factor*, donde figura como juez invitada. Estaremos pendientes de cualquier actualización.

Lee más: <u>La Nena de Hollywood: Conoce los 100 looks más icónicos de Charlie Kress</u>.

ASUNTO: Re: Atención Educativa: E. Shimada

DE: devi.i@evalab.co
PARA: shimada.s@berklee.edu; zhao.y@evalab.co; Bcc.
02/01/2034 17:12:33

Estimado profesor Shimada,
Espero que este mensaje los encuentre bien a usted y a su hija. Apreciamos su involucramiento y paciencia durante el proceso de estudio y diagnóstico.

Contrario a nuestra sospecha inicial, los problemas de disciplina de Emily no se deben a una dificultad en su desarrollo psicológico. Emily no figura en el espectro autista ni presenta problemas para el aprendizaje auditivo, lingüístico, visual o kinestésico. De hecho, muchas de sus capacidades motoras, verbales y numéricas reflejan su veloz desarrollo en la infancia temprana.

Nuestro psiquiatra infantil, el Dr. Sebastian Dunne, tampoco detectó anomalías en su desarrollo interpersonal e intrapersonal. Él percibe en Emily un carácter bastante fuerte y reflexivo, con una extraordinaria capacidad para la observación. El Dr. Dunne la sitúa en el espectro ISTJ, por su naturaleza introvertida, observadora, pensante y juiciosa. (Ver archivo DPT ISTJ).

El documento titulado IQ_351102 incluye el detalle de la prueba del cociente intelectual de Emily. De manera resumida, ella obtuvo 165 puntos, una puntuación sumamente inusual. Su capacidad cognitiva es extraordinaria, lo que la puede conducir a actuar de manera aislada e indiferente durante sus lecciones. Afortunadamente, estamos listos para presentarle un plan educativo más demandante y retador que sus currículos actuales.

Entendemos que usted y Álvarez tienen un acuerdo en materia educativa, pero está muy claro que Emily muestra necesidades diferentes a las de su hermana, y es posible que las niñas tengan que separarse para completar su formación exitosamente. Ahora bien, muchos de nuestros socios académicos han expresado interés en el perfil de su hija para extenderle un programa de beca especializado en una escuela privada. Emily tendría un currículum educativo dirigido por el claustro doctoral de Stanford, acompañado de lecciones individuales para artes y deportes. También podrá sentirse más cómoda con un poco de socialización en el ámbito académico, con otros chicos jóvenes.

Nuestra única condición para acceder a este beneficio sería un itinerario de sesiones de análisis y estudio para explorar las capacidades de Emily. Usted entenderá mejor que muchos nuestra inquietud por ubicar los espacios de innovación en el ser humano, y por ello queremos extenderle esta propuesta para no solo elevar la experiencia de Emily sino también asistir nuestros esfuerzos de investigación reproductiva.

Por favor, contáctenos lo antes posible para que discutamos estos estudios y otros temas en torno a la propuesta educativa y la reubicación de Emily.

Steve, no puedo dejar de agradecer su cooperación y dedicación en este proceso comprensiblemente complicado, pero le ruego que no revele los detalles de este mensaje a Juan Pablo Álvarez. No tendrá beneficio para nadie.

Cuente con nosotros para proporcionarle todo el apoyo necesario a usted y su familia.

Atte:

Dr. Ishwar Devi

Mario Garrido:
el inesperado éxito del Premio Alfaguara

Revista *Piel de Lobo*, vol. 40, agosto 2034
Por: Darío Fuente

Una de las mejores recompensas de los certámenes litera-
rios es el descubrimiento de autores que, de no ser por el
refugio del pseudónimo, difícilmente podrían causar una
impresión. La literatura es un negocio, al fin y al cabo, y
cada día es más difícil separar al artista del artificio, la influencia o la buena prensa. Lo que definitivamente nunca deja de cautivarnos es una buena historia.

Acá entra Mario Garrido, un ginecólogo colombiano
forzado a retirarse tras la extinción de las mujeres. Luego de tres años en un consultorio como médico general,
Garrido, ya en dificultades económicas por la rebaja en
su salario y su clientela, decidió dedicarse a la escritu-
ra de viajes. Como describiría en su primera autopubli-
cación, *Ciudades sin tranvía*, Garrido vendió todo su
equipo, devolvió su apartamento y compró un boleto a
Madrid. Pasó ese primer año viajando a los rincones más

insospechados del Mediterráneo y el norte de África, escribiendo en sus diarios y colaborando con publicaciones locales. Poco a poco ganó cierto reconocimiento entre revistas culturales y zines por sus crónicas de lugares comúnmente ignorados por el turismo. Rechazado por varias editoriales, Garrido autopublicó cinco libros de viajes antes de aventurarse en la novela.

La ruta de Helena combina la crónica con una narrativa de añoranza. Un hombre y una mujer intercambian sus notas de viaje, juntos y separados, a lo largo de una década en que sus vidas se transforman, sus planes se sabotean y sus esperanzas se fraguan. Para muchos lectores, este ganador del Premio Alfaguara los introdujo a un género que solía considerarse obsoleto. Los BookTubers y BookTokers han recuperado sus textos anteriores para reseñas y conversatorios, y empiezan a surgir cuentas exclusivamente dedicadas a la crónica y texto viajero. El éxito de la novela de Garrido también ha permeado en redes sociales, con muchos aficionados clamando por una adaptación televisiva o cinematográfica.

En el marco de su quinta edición (en menos de un año), conversamos con Mario Garrido sobre viajes, novelas, romances, la crítica y la mejor manera de tomarse un chardonnay.

RPL: ¿Cómo ha cambiado su itinerario desde el anuncio del galardón?

MG: Ha sido una locura. Lo más surreal fue volver a las librerías elegantes, donde pasaba horas hojeando y explorando sin comprar, con un *entourage*, cámaras y una mesa repleta de mis libros. Fue como entrar en la vida de otro. Pero lo mejor fue reencontrar a muchísimos amigos libreros a los que pensé que no volvería a ver después de subirme al tren. Mi vida ha tomado un poco más de estructura, de rutina. A ratos echo de menos mi desorden.

RPL: ¿Por qué el interés por el libro de viajes?

MG: Hay una persona que merece todo el crédito. De niño era un patancito, y mientras mis papás trabajaban el fin de semana me cuidaba el castigo la tía Nicole. Ella nunca se casó, pero vivió siempre alegre con un ron en una mano y una libreta en la otra. Anotaba algo, largo o corto, todos los días y me decía que así se evitaba escribir con sangre en las paredes. La tía Nicole me introdujo a varios autores viajeros: Steinbeck, Morató, Calvino, Gellhorn... Leíamos de todo, la verdad, desde antropología hasta novelas y poemarios, pero los libros de viajes siempre nos abrían la puerta a otras realidades, personas y experiencias más cautivantes que la ficción o la ciencia.

RPL: ¿Cómo surge entonces la novela de Helena? ¿Es acaso un acercamiento más personal, dígase discreto, que la crónica?

MG: [Ríe] Esa sí es una larga historia, y también una muy personal. La novela es un recuento de varios viajes que nunca pude emprender. Tal como Tomás [el protagonista], yo también conocí a una Helena. Teníamos planes, aspiraciones y vidas diametralmente distintas, pero nunca nos perdíamos la oportunidad para tirar nuestras prioridades al carajo por unas horas para estar juntos. Podíamos pasar el día hablando sin parar, o en absoluto silencio sorbiendo un par de botellas de chardonnay. Nos regalábamos libros, mementos *kitsch*, flores y chocolates. En cierto modo nos servíamos de refugio para nosotros mismos y nuestras ambiciones. Y en ese indefinido pasamos varios años, acompañando, llorando y celebrándonos mutuamente hasta que ella también se fue.

RPL: Ha habido muchísima atención desde la faceta comercial para su trabajo. Simón Parra [editor de *El País*] señaló que incluso ha surgido un rechazo injustificado de varios críticos desde el momento en que su obra comenzó a ganar tanta aceptación en el *mainstream*. ¿Cómo ha lidiado con estas posturas?

MG: A decir verdad, me cuesta un poco lidiar con la atención. Incluso antes, cuando estaba buscando un espacio para mis textos de viajes, me topaba con rechazos tajantes y me quemaba las pestañas tratando de entender dónde estaba fallando. Creo que mis textos muchas veces pecan de sobrehilar la experiencia. Puedo pintar una galaxia de detalles y olvidarme del planeta donde estoy. Afortunadamente, Axel [Urbina], mi editor, ha sido mi mentor y guía en el proceso. Él siempre me dice "el lector es primero y el crítico, el tercero". Ese mantra me recuerda lo que siempre he tratado de captar y regalar con mi trabajo: una experiencia.

RPL: En redes sociales circulan muchas solicitudes y recomendaciones para la adaptación de su novela al cine o la televisión. Hemos leído que algunos estudiosos se han acercado a consultar los derechos. ¿Qué le parece esta idea?

MG: Espero no les moleste, pero realmente no quiero que eso pase.

RPL: ¿Por qué?

MG: A decir verdad, llevo muchos años extrañando el buen cine. No podemos ignorar el vacío productivo que dejó aquel día [de la Exxtinción]. Perdimos a amigas, parejas y parientes, sí, pero también perdimos a colegas y artistas brillantes. Muchos de mis textos de viajes remarcan estas ausencias, y en mi novela quise retomar esas travesías que abruptamente terminaron: las Helenas que construían y creaban. Sinceramente no podría ver esta obra adaptarse sin conversarla con mis amigas de los viajes y los libros. Ya haber perdido a mi tía fue una herida incurable en mis veintes. No imagino lo que ha perdido la humanidad con la ausencia de tantas otras mujeres como ella.

RPL: Se rumora que incluso hay ofertas de estudios y productoras para que recreen a la actriz de su gusto con inteligencia artificial y la coloquen como protagonista...

MG: [Ríe] ¿Se imagina? Qué espanto. Creo que Helena, como todas nuestras conocidas y queridas, merece un espacio más digno en la memoria.

RPL: ¿Y vería una adaptación más adelante con la nueva generación de mujeres?

MG: Francamente, me interesa más lo que ellas vengan a crear. Ellas tendrán su propia historia y espero tener el gusto de conocerla. Es todo lo que diré al respecto.

RPL: ¿Qué sigue ahora? ¿Vienen más novelas o libros de viaje?

MG: Es difícil decirlo. Tengo una mochila repleta de cuadernos llenos de apuntes, garabatos, listas y anécdotas que aún necesito filtrar. Pero lo primero es volver al tren.

Autoridades en Filipinas desmantelan laboratorio clandestino: investigaciones revelan una red de reproducción global

El Faro: INTERNACIONALES
R. Knight
19 de junio de 2035

Oficiales de Filipinas, acompañados por las fuerzas de tarea de los Cascos Azules y el Ejército de Paz, desmantelaron un laboratorio ilegal en Tondo, Manila, donde se estaban implantando por lo menos 75 embriones en diferentes hospederos animales. En un complejo de bodegas industriales bajo el nombre San Dimas, fueron arrestados diez médicos de diferentes regiones eurasiáticas y más de ochenta empleados. Se incautaron más de cinco mil piezas de equipo biomédico de alto control y por lo menos 40 mil piezas de documentación que incluyen pruebas moleculares y de ADN. Las evidencias fueron recolectadas y clasificadas por los equipos de Interpol y Servicios Especiales de la CIA.

Los esfuerzos de investigación comenzaron luego de que el Departamento de Estado en EE. UU. recibiera una alerta anónima sobre actividades sospechosas en una clínica de terapia sexual en Manila. Autoridades de Interpol recibieron alertas paralelas de una red internacional de adopciones que estaba ofreciendo servicios especializados en Londres, Roma, París y Berlín. Al mismo tiempo, numerosos reporteros y detectives en Filipinas también publicaron hallazgos y denuncias en redes sociales, pero muchas de estas publicaciones fueron eliminadas o reportadas como carnada de clics. Se estima que los esfuerzos de investigación demoraron de quince a veinte meses para lograr esta considerable captura.

Debido al riesgo sanitario que representa el lugar, no se ha permitido el ingreso a los medios de comunicación. Sin embargo, muchos de los reporteros presentes han compartido en redes sociales imágenes y videos de la detención. De acuerdo con la ley, las autoridades extenderán un reporte completo de los hallazgos para continuar con las capturas correspondientes y dilucidar si existen otras redes en conexión con el laboratorio de Tondo. Sin embargo, de manera preliminar se ha revelado que no existen especímenes viables dentro de las evidencias incautadas.

Esta captura se registra tan solo cuatro meses después del desmantelamiento de otro laboratorio clandestino en una universidad de Guatemala y otra clínica ilegal en Panamá que utilizaba materia genética robada.

COMENTARIOS

jpr3410 dice: jajajaja acepten que se acabaron las vaginas y el mundo es gay ahora jaja.

marianorobles2000 dice: La mayor arrogancia del hombre está en desafiar la creación perfecta de Nuestro Señor. Merecemos el dolor de estos pecados.

PPPRRR333 dice: Típico. Si lo hacen los gringos es "ciencia revolucionaria" pero si lo hacen países en desarrollo son "laboratorios clandestinos sin bioética". Lo que cambia es la plata y el pigmento.

PirataCojo69 dice: @PPPRRR333 Hay una enorme diferencia entre la ciencia como práctica para el descubrimiento humano y la ciencia como maquila de recursos. Como en todas las profesiones, hay maneras dignas y honradas de trabajar. Estos malditos seguramente iban a crear personas para tráfico y trata.

PPPRRR333 dice: @PirataCojo69 Típica mentalidad malinchista. A ver si te alcanza para que los gringos te hagan un hijo.

Yashitori1231 dice: Avísenme cuando salgan los cruces de hembra con loba.

Blondie88 dice: #PreguntaSeria ¿Por qué es tan difícil que los gobiernos de otros países introduzcan sus propios programas? Porque donde vivo siempre ha habido doctores y científicos con bastante carrera. ¿Hay una autoridad global en esto?

AndrosSon111 dice: Excelente noticia. Tardamos siglos en que la especie se perfeccionara solo para que estos criaderos se empeñen en volver a cagarla.

Rroroob15 dice: @AndrosSon111 Ojo aquí, que veo al fundamentalista.

AndrosSon111 dice: @Rroroob15 Vas a arrepentirte cuando vuelvan las hembras enfermas.

Jmartinez6010 dice: Dentro de una semana se les olvidará cuando venga la Copa.

Wwworrrllldd75 dice: Nadie va a decirlo, pero los animales que tienen en esos laboratorios pasan por una tortura que ni siquiera se habrían imaginado en la Edad Media. Nos merecemos la extinción de nuestra especie porque no respetamos a las demás.

RimMar34 dice: @Wwworrrllldd75 Ay sí, ay sí. Ahora me tengo que sentir culpable porque me gustan los huevos con pollo frito y son una aberración para las hembras madres. Por ideas estúpidas como esa estamos en donde estamos.

DICTADO 6 de septiembre

2036 01:58:22

Buenas tardes, señor Álvarez.

Recibí sus correos y mensajes. De nuevo, me disculpo por mi disponibilidad limitada durante mis vacaciones, pero confíe que estoy dándole prioridad a su caso.

Como le comenté en julio pasado, Anne Marie tiene un desarrollo cognitivo perfectamente normal para su edad. No es inusual que los chicos presenten dificultades con una u otra materia o destreza. Anne ha puntuado satisfactoriamente en sus capacidades verbales y numéricas y no muestra rasgos neurodivergentes. Sus médicos y psicólogos anteriores me han compartido sus registros y nuestros hallazgos son consistentes: Anne tiene un desarrollo normal y adecuado a su edad.

Volviendo a su consulta sobre el rendimiento académico, una baja en calificaciones puede atribuirse a otros factores en la vida emocional de la niña. Quizá esté procesando un duelo irresoluto por la separación de sus hermanas. Esta situación puede verse exacerbada ahora que ella comienza a notarse diferente de quienes la rodean. Como le he comentado, los primeros años de vida son fundamentales para el desarrollo de la personalidad, Anne necesita un soporte emocional más fuerte en esta etapa para formar su carácter con certeza y confianza.

Mi recomendación es que visitemos nuevamente la terapia cognitiva. Incluso puedo recomendar a una colega no binaria (ella/elle) que se especializa en casos de género, y que ha tenido mucho éxito navegando pacientes con problemas de identidad.

Estoy a la orden. Por favor, limite sus comunicaciones al correo electrónico.

Dr. J. Nordby Ph. D.

Charlie Kress se prepara para su primera comunión con el Patriarca Bonifacio

Revista *¡HOLA!*
Por: Andre Green
8 de abril de 2038

La niña más famosa del mundo no podría confiar su formación espiritual a nadie más que al líder de la iglesia más activa del mundo. En una inesperada unión de farándula y fe, la actriz y cantante ha confirmado que lleva sus clases de doctrina para recibir el sacramento. Incluso ha publicado que su padre y su hermano han seguido un proceso de conversión bajo el Nuevo Catecismo Elíseo. Según una fuente cercana a la familia, la decisión de integrar a Charlie en la feligresía católica elísea se basa en las creencias de su madre ausente. Tras ubicar el acta de bautizo de Karla Kress, los fieles de la congregación de Santa Lilith en Chicago comenzaron una campaña de recuperación de su linaje inusualmente concebido.

La noticia ha sido celebrada por muchos fanáticos que describen a la Iglesia Católica Elísea como un espacio de aceptación, tolerancia y diversidad. La Iglesia Católica Elísea ha extendido un comunicado oficial celebrando la ocasión como una unidad de la ciencia y la espiritualidad, reiterando que "Charlotte posee el futuro y merece crecer con la orientación de Nuestro Amoroso Dios". Este mensaje fue aún más bienvenido de cara a las dificultades de salud que ha sufrido la pequeña estrella durante el último año. Sus ingresos y egresos del hospital han sido monitoreados por medios y fanáticos alrededor del mundo, que han expresado una gran preocupación por su bienestar. Afortunadamente, los representantes de Charlie han reportado que ella goza de buena salud y solo está adaptándose a las condiciones extraordinarias de su sexo. Por ello, esta primera comunión será una celebración de su vida y crecimiento, con la participación de fanáticos y fieles alrededor del planeta.

El Patriarca Bonifacio también extendió su mensaje en la homilía de ayer, durante la celebración de la misa, recalcando la importancia de la juventud en el crecimiento y evolución de la iglesia.

Venimos de una fe replanteada con la razón y la ciencia. No podemos aferrarnos a tradiciones rancias, sino que debemos abrirnos a nuevas oportunidades y realidades. [...] Charlotte Kress es como ustedes y yo: un alma con fe, esperanza y caridad. Es hiriente y absurdo que nuestros hermanos más tradicionalistas, o incluso con la bandera de cristianos, hayan rechazado a una inocente niña que busca al Señor. Las personas de Cristo somos amor y punto.

Como primicia, Revista *HOLA* cuenta con los permisos exclusivos para fotografiar y reportar la ceremonia y recepción, que ya ostenta una lista de invitados de alta categoría, desde líderes globales hasta magnates del entretenimiento. La cita será el próximo 16 de julio en Florencia, y se transmitirá en vivo por las redes de Charlie.

La persona más interesante para mí

Escuela Privada Trinity Wolf
Samuel Goldman
12/6/2038

Ejercicio de compensación: Artes Lingüísticas

Muchos de mis compañeros probablemente van a escribir este ensayo sobre Paolo Galdós o sobre Fred Ford. Y está bien, porque a mí también me gustan los partidos de los Osos Dorados y las películas del *Ator-mentador*. Pero creo que esta persona es la más extraña entre nosotros, y por eso también es más interesante aunque no sea famosa ni millonaria.

Emily Shimada es la primera y única mujer que he conocido. Mi papá dice que aún no debo llamarla mujer porque solo tiene 8 años, pero ella toma las mismas clases que yo en 7º grado y todos mis compañeros y algunos maestros le dicen así: "la mujer".

Uno de los chicos del 12º grado dice que ella tiene una condición especial que se veía muy rara vez en las mujeres de antes, y por eso están preparándola con las exigencias de nosotros. Otro chico me dijo que ella es parte de un experimento social, y que en realidad no tiene nada de humana, sino que es una inteligencia bio-cibernética para entender el control mental. Los chicos de mi salón dicen que es mejor no hablarle. A veces advierten que puede ser peligrosa, y otras solo dicen que es repugnante.

Yo conocí a Emily porque ella me ofreció su sándwich de atún un día que me oyó decir que mi papá había olvidado empacar mi almuerzo. Tenía mucha hambre y lo tomé sin darle las gracias, pero ella se sentó a mi lado y me preguntó si me gustaba Metallica. Le dije que esa era la música de ancianos que oía mi papá, y ella se rio mucho y me siguió preguntando cosas hasta que estuvimos hablando de anime. Pensé que ella era muy diferente a cuando yo tenía su edad, porque mi papá no me dejaba ver *Necronomicon XXI* ni *Dr. Hyde*. Emily tampoco sabe mucho sobre béisbol ni memes, porque no la dejan usar Internet sola, pero se sabe todas las respuestas en las pruebas sorpresa y nunca duda cuando el profesor de cálculo le pregunta la solución.

Hemos visto fotos y videos de mujeres en clases de historia y arte, y también en la televisión y videos de YouTube, pero ningún chico de la escuela recuerda bien cómo eran las mujeres como las que hemos visto en las fotos de las casas o en las películas familiares. Emily no se parece a las mujeres ni a las niñas del cine ni de los anuncios. No es bonita ni sonríe todo el tiempo. Y no quiero decir que eso sea malo. Es solo que uno no lo espera. Tampoco creo que le gusten las cosas de mujeres, como las flores y el maquillaje, sino que le gustan el anime y el rock muy viejo.

Muchos dicen que Emily es un fenómeno, pero yo digo que soy su amigo. Comentan que me veo como tonto juntándome con una niña de 8 años, pero ella siempre saca las mejores calificaciones y me ayuda cuando no entiendo una clase. Ian Sontag IV me preguntó si ella es mi novia. No sé realmente a qué se refiere, pero si eso es como una mujer que es tu amiga de por vida y te comparte sus galletas, entonces creo que sí. No me importa que me hayan suspendido por romperle la nariz a Ian Sontag IV: él no tenía derecho a romperle su calculadora, golpearle el ojo y llamarla anormal. Emily merece demostrar que es interesante y diferente, y que eso está bien. Estoy feliz de conocer a Emily Shimada y creo que ella será una gran persona en el futuro.

Estimada Esme, el Podcast

28/09/2039
Transcripción:

Esme: Amigos, amigas y amigues. Es un gusto tenerlos de vuelta en el *podcast*. Soy Esme y hoy me acompañan dos amigues muy queridos: Pat Montiel y Ale Berliner.

Hoy, para evitar el conflicto que nos comentaron en el último episodio, decidimos darle a cada invitade una oportunidad para responder una carta de nuestra audiencia. ¿Está bien?

Ale: Bien, bien, bien.

Pat: Que se venga lo que venga.

Esme: Así me gusta. Vamos con nuestra primera correspondencia que dice:

Querida Esme. Estoy en un serio problema. Antes de El Evento, yo estaba perfectamente feliz ocultándole a casi toda mi familia mi vida como hombre homosexual. Mi madre y mi hermana sabían y entendían, pero mi padre y mi abuelo no lo podrían tolerar. Ahora, sin ellas, estoy a la deriva en una casa de tres hombres solteros. Todos estamos en demasiados aprietos económicos como para mudarnos, y con frecuencia estoy sometido a conversaciones sobre la pérdida de sus parejas y los ingresos de lo que ellas traían. El problema es que yo sí he encontrado a alguien, y estamos pensando en la siguiente etapa de nuestra vida juntos. Temo que al conocer a mi novio, mi familia pierda la cabeza y trate de chantajearme, quizá económicamente (y créeme que el dinero está tan mal que podría considerarlo). ¿Qué hago? ¿Debo abandonarlos? ¿Existe algún término medio?

Atentamente: Enamorado Desheredado

Ale: Ay, pero qué espanto. Yo ni le hablo a mi familia y ya me entró la ansiedad.

Esme: Somos dos, bebé. O tres con el amigo Enamorado. Pero esta es mi respuesta, así que empecemos. Querido Enamorado, me complace decirte que tienes todo el derecho para seguir con tu vida y dejar atrás esta etapa. Según tu estado, existen muchos programas de soporte a los que tu padre y abuelo pueden aplicar si no están en condiciones de trabajar como antes. Aquí te recomiendo que vayas al sitio del Seguro Social y consultes. Y de paso, cariño, diles la verdad. Prepara a tu sistema de soporte para apoyarte o acompañarte y saca ese clavo en frío.

Pat: Aquí es donde notamos que Esme no sabe ni mierda sobre herramientas.

Esme: ¡Cállese, bebé! Eso es cierto, pero igual se la cobro a la cuenta. [Risas]. Pero volviendo contigo, Enamorado. Nadie sabe si nos extinguiremos mañana. Ve y ama a tu hombre y dale a tu familia la oportunidad para crecer con amor, o para marchitarse con odio. Un beso y un abrazo.

Ale: Pero qué bonitas las respuestas de Esme, por los dioses.

Esme: Aquí todo es amor y aceptación. Ya sabes, Ale. ¿Te parece si seguimos con tu carta?

Ale: Pero por supuesto que claro que definitivamente sí.

Esme:

Querida Esme. Mi amigo "Alfredo" (cis, masc, 44) —ojo que nos aclara acá: sí es mi amigo, antes de que crean que esta es una treta— ha decidido que quiere convertirse en padre. Él ha procurado los óvulos de una amiga de otra amiga desaparecida y ahora está en conversaciones con una clínica que le ha pedido un contrato de absoluta confidencialidad. Estoy preocupade, no por su capacidad para la crianza, sino porque he visto muchas noticias sobre laboratorios sin ética ni medidas sanitarias que terminan quebrando o enfermando a sus clientes. No tengo autoridad para esto porque no soy de la secta binaria, pero quisiera ayudar a mi amigo a tener más información antes de que se la saque y se la metan. A estas alturas, mi sesión de Google es puro anuncio y carnada de porno.

Él está confiando a ciegas porque le dieron un tríptico y varios videos, pero algo de este asunto definitivamente no cuadra. ¿En quién puedo confiar?

Atentamente: Desinformade y Atormentade.

Ale: Ay, amigue. Ni qué decirte. Esto está delicado. Antes de empezar mi respuesta, quiero felicitar a Desinformade por mantener viva la tradición de cuestionar e investigar. ¿Me pueden dar un aplauso para Desinformade?

[Aplausos y vítores]

Pat: Es increíble la cantidad de basura que llega ahora a los titulares. Cualquier iglesia, protectorado y empresa puede pagarse el espacio de noticia viral, amorcito. Es increíble lo enfermos que estamos. Justo ayer estaba investigando terapias alternativas para mi hermano...

Esme: Amigues, momento de amor para el hermano de Pat.

Pat: Gracias, bebé, de verdad. Y por más que estuve buscando y preguntando en los bots, todos los resultados me llevaban a notas y análisis sobre Charlie.

Ale: Noooooo.

Esme: ¿Así de estúpida está la Charliemanía?

Pat: No sé qué enfermedad tiene esa criatura, pero literal todos los sitios de referencia médica la tienen como el diagnóstico clave.

Ale: ¡Exacto! Mi hermano tiene leucemia, pero ahora resulta que Charlie tiene leucemia, lupus, hepatitis, priones, alkaptonuria y hasta la burundanga.

Esme: O sea, no estoy celebrando que la nenita esté enferma. Pero francamente es absurdo que sigan tirando todos esos diagnósticos y ni uno se centre en lo que ella necesita: que alguien le diga que ese fleco debe morir.

Pat: [Risa] Esme, te quiero, pero si vamos en serio, en nombre de todes espero que la nenita se recupere de lo que tiene. No soy fan de su música ni sus pelis, pero realmente le deseo todo lo lindo de la vida, y que Ale nos ilumine.

Ale: Siempre divinas tus transiciones, Patito. Sí, de hecho sí tengo una referencia específica para tu amigo, queride Desinformade. Esto no circuló en los medios, pero el Proyecto Eva ha comenzado a reconocer y certificar a ciertas clínicas y proveedores que cumplen con sus estándares de atención. Y ojo, porque a la fecha no se ha conocido otra implantación exitosa más que las tres de este proyecto.

Esme: Así justo.

Pat: Ni una.

Ale: Entonces, queride, te aconsejo abocarte a las redes del Proyecto Eva en el segmento de "Afiliados" para conocer si tu región, país o protectorado tiene una clínica con los estándares y capacidades legales. Debes ser un soporte de amor y tolerancia para tu amigo, pero recuérdale que estos tratos vienen con más condiciones y requisitos que un contrato de iPhone. Será una decisión grave y fuerte, y probablemente deberá tener a los doctores y soldaditos anotados en cada punto de la línea. Te mando todos los abrazos para ti y tu amigo. Que sea lo que el destino desea.

Pat: Ya me estoy sintiendo mal por mí.

Esme: ¿De qué?

Pat: Perdonen, pero yo ya no podré superar tanta verdad y amor. Yo soy bestia.

[Risas]

Esme: De todos modos, te amamos. A ver, te leo tu carta. "Querida Esme: No puedo entrar en demasiados detalles fisiológicos acá, pero mi hijo 'Kevin' comparte clase con un individuo que se identifica como mujer...". Nooooo...

Ale: La novela se acaba de poner más Thalía y menos Spanic.

Pat: Hoy sí me tocó sufrirla, pero sigamos.

Esme:

Kevin ha formado una amistad con esta niña y no sabe cómo actuar. Esta niña tiene una diferencia de edad relativamente fuerte, pero Kevin me ha estado haciendo preguntas sobre lo que significa ser mujer y qué clase de relación debería tener con esta niña. Yo perdí a su madre junto con todas las demás, pero como él era recién nacido no hablamos sobre cómo abordar esta diferencia. Todo es ahora una nebulosa de lo que recuerdo y lo que creo que la madre de Kevin querría, pero no estoy seguro de saber abordar esta nueva estructura social, y tampoco puedo darle a mi hijo las mismas instrucciones de caballerosidad que me dio mi padre y que luego desecharon las feministas y otras políticas. ¿Qué hago? ¿Cómo cuido esta amistad que, dicho sea de paso, es la más fuerte y leal que he visto en Kevin?

Atentamente: Padre Pasado.

Pat: Amigo (porque claramente eres cis y hombre), voy a ser muy honesto y voy a decirte que no es justo que hables de feministas y tradiciones. Esas ideas retrógradas pertenecen al siglo XX. Tu hijo crecerá en una sociedad muy diferente a la que nos crio, y eso es escalofriante pero bueno. Elegí responderte porque yo tengo un sobrino de la edad de Kevin, y él fue mi mayor referente para esta respuesta. Primero, quiero recordarte que los chicos de ahora no saben cómo funcionaba el género como lo conocimos. Ellos no saben de inequidad ni de estándares, y es mejor que no los aprendan. Sus mentes son aun más abiertas y comprensivas que las nuestras, y este es un buen momento para dejarles en claro que la identidad y el género son partes inseparables e innegables de la persona, y que en un mundo civilizado nos permitimos la expresión individual antes que la estandarización y las generalidades. Yo sé que es difícil que nosotres, viejes y cansades, entendamos cómo actuar con estas diferencias tan drásticas, pero la verdad es que las circunstancias del mundo nos exigen ser menos actores y más productores. Ofrécele a tu hijo la oportunidad de ser la diferencia si algún día volvemos a la estructura de biogenética binaria. Mientras tanto, dale a tu hijo un paseo por "Yo Soy", la colección de videos y contenidos de Nenúfar Flor, une de nuestres activistas más fuertes. Su trabajo cubre toda la formación adecuada para un entendimiento multigénero, multiclase e incluso multiétnico. Busca su trabajo y refiere a tu hijo con un psicólogo especializado en la transición de la Nueva Realidad. El conocimiento cura. Recuérdalo.

Ale: Pat... ¿qué fue eso?

Esme: Creo que tenemos un reto con las palabras de Pat, amigues. Es un récord.

Pat: [Risa] Solo he dicho la verdad, amores. Estamos a tiempo para corregir muchas de las ideas retrógradas que tenían nuestros parientes *boomers*. Aprovechemos y tratemos de dejar un mundo menos espantoso. ¿Sí?

Ale: Ay, pero yo solo puedo decir AMEN.

Esme: Pat tiene toda la razón, amigues. La terapia es bella. Busquen a un especialista e inicien su tratamiento ayer. Y si ya lo tienen, busquen esos espacios y experiencias que hacen de sus días algo mejor. Tómense esa cerveza, besen a esa persona... vívanlo todo. Pat, Ale, esto fue bello y absurdamente largo, pero dejo a nuestros escuchas con esa frase matona: "vívanlo todo" y no se pierdan nuestro próximo episodio este lunes a las 20:00 horas siempre en Spotify, TikTok y YouTube. Les amamos. Besitos.

Equipo del Proyecto Eva recibe el Nobel de Medicina

Scientific American
Luis Villoro
3 de octubre, 2039

La Academia del Nobel del Instituto Karolinska ha decidido galardonar al equipo liderado por el doctor Yizé Zhao (Genética) e integrado por los doctores Saul Martin (Biomédica), Ishwar Devi (Neurociencia), Phillip Rowe (Psiquiatría) y Paolo Arossio (Biología Molecular) como los ganadores del Nobel de Medicina 2039.

La declaratoria cita que el equipo de Zhao, Martin, Devi, Rowe y Arossio ha logrado la restauración de seres humanos biológicamente hembras. Los estudios a nueve años de desarrollo reportan que sus sujetos están saludables y fuertes, y que las tres cuentan con altas tasas de óvulos viables. Sus cuadros genéticos también descartan anomalías que dificulten la capacidad reproductiva.

Como su nombre indica, el Proyecto Eva busca la restauración de la facción de hembras humanas para preservar el desarrollo poblacional y el equilibrio de la especie. Tras una exitosa primera etapa correspondiente a los años clave del desarrollo infantil, el Proyecto Eva ha comenzado su etapa de prospección y despliegue de réplicas del experimento base. Para este fin, sus organizadores y junta directiva reportan que han comenzado un proceso de licitación con laboratorios, equipos y centros de salud en todo el mundo. Gracias al trabajo de Zhao *et al.*, la vida en el planeta Tierra podría recuperar su balance natural y prosperar con un mayor conocimiento del mecanismo reproductor.

La pregunta más incómoda
sobre la repoblación

http://dissent.com
Dr. Guillaume H. Duval, Antropólogo
7-10-2039

Pocos nobeles de Medicina tienen el prestigio y reconocimiento popular que ostenta el Proyecto Eva. El galardón, normalmente preservado para una minoría familiarizada con los priones y las tensiones intracraneales, este año llegó al grupo de científicos más comentado en el planeta. La atención no está de más: el equipo de Yizé Zhao logró una proeza que, incluso con nuestros mejores conocimientos y equipos médicos, desafía los límites de la biología y la resiliencia humana.

Los primeros estudios para la restauración humana comenzaron a registrarse tan solo diez días después de la Extinción Femenina en 2025. Muchos acercamientos, incluyendo vientres criogénicos y una cuestionable propuesta para desplazamiento temporal (sí, eso ocurrió con Singh *et al.*, 2027), solicitaron financiamiento gubernamental y privado. Sin embargo, mientras más de 1 200 estudios en Estados Unidos analizan la viabilidad de materias genéticas entre múltiples donantes (vivientes y ausentes), la única interrogante sin atención es la de la razón de la Exxtinción. Tal parece que existe un acuerdo silencioso y absoluto para saltarnos el *¿por qué?* para arrojar metodologías y plata al *entonces*. A la fecha, no se registran más de quince estudios oficiales sobre las razones detrás de la Extinción Femenina, y muchos de estos estudios se concentran en esfuerzos de reconstrucción e impacto social, no en análisis biológicos y ambientales de las potenciales causas.

Uno de los estudios más extensos, correspondiente al doctor Arnoldo Puente, etnólogo y sociólogo chileno, fue publicado en 2028 en *Current Anthropology* en el artículo: "Medio planeta: anomalías socioambientales a explorar para entender la Extinción Femenina" (volumen 88, febrero 2028). El artículo propone múltiples factores de riesgo en las condiciones de vida de varias ciudades latinoamericanas, incluyendo, pero no limitados a: contaminación en las fuentes de agua potable, uso irresponsable de sustancias controladas (principalmente variaciones del fentanilo), alta frecuencia de feminicidios y trazas de polución radioactiva. Puente propuso múltiples modelos de estudio que podrían financiarse para identificar las causas de la Exxtinción y eventualmente desarrollar un plan de contingencia replicable. Sin embargo, el académico recibió negativas de todas las fuentes que inicialmente patrocinaron el planteamiento de sus estudios. Sin capacidades financieras, el trabajo de Puente se encuentra en un hiato indefinido. La misma suerte han corrido Díaz-Salazar, Joyce, Santino, Ishiguro y al menos diez científicos más empeñados en entender la causa de la enfermedad antes que la píldora de alivio. Incluso el replanteamiento de estos estudios hacia la garantía de bienestar de las sujetas del Proyecto Eva ha recibido una contundente negativa. Es casi risible, por no decir penoso, que la comprensión de las necesidades psicofisiológicas de estas nuevas mujeres continúa siendo una nimiedad al margen del plan maestro del Prometeo del siglo XXI. Mientras escribo, tres mujeres caminan sobre el planeta sin una respuesta definitiva sobre su destino y su pasado, mientras sus creadores sorben champaña y firman contratos con farmacéuticas y estudios de cine. Al fin y al cabo, los hombres siempre se han caracterizado por la prioridad de volver a entrar al agujero de donde salieron.

Luto global: la pequeña Charlie ha fallecido

Redacción *El Heraldo*
15 de agosto de 2040

Tras varios rumores y especulaciones, la noticia lamentablemente ha sido confirmada. Charlotte Virginia "Charlie" Kress, de 10 años, falleció hoy a las 2:00 a. m. durante una operación de emergencia en el quirófano de Cedars-Sinai. La sobreviven su padre, Jason Kress, y su hermano Dylan, coproductores y estrellas de sus contenidos de redes sociales: *En casa con Charlie*.

Charlotte Kress fue concebida dentro del Proyecto Eva, y hasta esta mañana era una de las únicas tres mujeres biológicas nacidas tras la Exxtinción. Pasó sus primeros días confinada en secreto médico.

A pesar de la alta atención mediática de Charlie, que suma más de 900 millones de seguidores únicos en cinco plataformas, las razones de su fallecimiento continúan siendo un misterio. Esta mañana se publicó una serie de reportes médicos captados por la prensa japonesa tras la visita promocional de la película *Sin pretextos* la semana pasada, cuando Charlie sufrió lo que fue llamado un ataque de ansiedad que la trasladó al centro médico Kameda. Los reportes sugieren que una paciente de 10 años con *status* VIP fue examinada y tratada por su claustro de especialistas, pero que no se obtuvo un diagnóstico definitivo para lo que describen como "una enfermedad degenerativa con sospecha de antecedentes genéticos".

A pocos días de su ingreso hospitalario en Tokio, Charlie fue trasladada en un *jet* de emergencia médica a Los Ángeles, donde la acogieron los especialistas de Cedars-Sinai. Los médicos estadounidenses firmaron estrictos acuerdos de privacidad que bloquean cualquier divulgación sobre la salud de Charlie, pero un presunto exniñero anunció en X que la enfermedad fue mal manejada por negligencia.

Fanáticos de la estrellita del cine y la música no se han limitado con sus expresiones de amor y empatía. La etiqueta #HastaSiempreCharlie continúa dominando las redes sociales con tributos a la pequeña estrella que revivió la coquetería e inocencia de la niña-mujer en más de 20 películas y cinco discos. Como tendencia secundaria, #KarlaKress continúa creciendo en mención, a medida que usuarios han usado inteligencia artificial para unir a madre e hija en escenas icónicas del cine y la televisión, como *Gilmore Girls*, *The Simpsons*, *Mamma Mia!* y *Freaky Friday*, entre otras. Un video anónimo reunió los clips de voz de la desaparecida actriz para unirlos a la interpretación de Charlie de *Jolene*, en un dueto digitalizado que continúa acaparando las primeras posiciones de *streaming*.

Periodistas y medios han expresado preocupación por la confidencialidad que rodea el deceso de Charlie, señalando que ella podría ser una clave para dilucidar la confusión de la Extinción femenina masiva en 2025. Sin embargo, como reveló la Junta Directiva de Cedars-Sinai en un comunicado, estos acuerdos de privacidad corresponden a las peculiares condiciones de Charlie como sujeto del experimento de Proyecto Eva, que tendrá en adelante la potestad para conocer y clasificar sus exámenes de autopsia y comunicar sus hallazgos a la comunidad científica y a los medios de comunicación.

En espera de cualquier actualización, *El Heraldo* acompaña a los fanáticos, seguidores, familia y amigos de Charlie Kress en este momento tan oscuro, deseándoles mucha luz y agradeciendo la alegría e inocencia que la pequeña Charlotte Virginia Kress trajo a nuestras vidas.

AVISO OFICIAL: CONVOCATORIA PARA REPOBLACIÓN

Municipalidad de San Jacinto La Montaña
1/7/2042

Como parte de su programa de repoblación masiva, el gobierno de Vasilia invita a todos los caballeros en edad reproductiva a participar en el programa de repoblación vasilense: Familia y Futuro. Nuestro sistema de centros de salud y hospitales ha comenzado a reclutar voluntarios masculinos dispuestos a contribuir al desarrollo demográfico a través de una inseminación en un hospedero homínido. El gobierno vasilense ha adquirido una selección amplia de óvulos viables. Adicionalmente, se inaugurará la opción de óvulos de cultivo artificial, un programa aún en etapa experimental, pero con apertura a estudios de prueba remunerados. Los únicos requisitos para la participación son un documento de identidad que verifique la mayoría de edad y una tarjeta de salud validada por nuestros médicos.

Como miembros del programa Familia y Futuro, los participantes recibirán un estipendio mensual de 5 000.00 dólares asignados para el cuidado y bienestar de su progenie femenina. Por ley, todos los ciudadanos vasilenses son acreedores a nuestro sistema de salud integral gratuito, al igual que nuestro sistema educativo segmentado, por lo que solo se espera que las familias participantes contribuyan con la crianza y cuidado doméstico. Contarán también con recursos gratuitos de orientación, consejería y nutrición a través de nuestros centros de soporte familiar.

En acuerdo con la Constitución Vasilense, no se extenderán restricciones discriminatorias a los participantes incluyendo, pero no limitadas a: orientación sexual, identidad de género, etnicidad, nacionalidad, religión o clase social. El programa Familia y Futuro es una iniciativa para la prosperidad y el bien de la humanidad, y esperamos que nuestros ciudadanos participen honesta y confiadamente.

Para mayor información, refiérase a www.vasilia.gov/repoblacion.

ONU condena el programa de repoblación en Vasilia

El Periódico
Redacción Internacionales
5/8/2042

En una sesión del Foro Internacional de la Seguridad Global, el secretario general de la ONU, Negasi Aman, condenó la iniciativa de la República de Vasilia para iniciar un programa de repoblación sin autorizaciones de la OMS y la Unicef.

Tras su fundación en 2030, Vasilia ha luchado por su reconocimiento como nación independiente. Ni la OEA ni la UE han alcanzado un consenso sobre el reconocimiento de esta nueva nación formada a partir de disidentes políticos, científicos, económicos y sociales que adquirieron más de 214 mil kilómetros cuadrados en la región anteriormente conocida como Guyana Británica.

La República de Vasilia ha remarcado sus intenciones de recrear una sociedad perfecta intelectual, cultural y físicamente. Con una muy estricta filosofía para sus fronteras y medios locales, Vasilia ha limitado el conocimiento de entidades internacionales sobre sus sistemas de salud, educación, infraestructura, defensa y gobierno. Existen declaraciones y recuentos de periodistas y activistas que apuntan a una sociedad eugénica y restrictiva. Sin embargo, no se han recolectado evidencias audiovisuales que validen estos testimonios.

Aman ha reiterado que las restricciones comerciales y diplomáticas continuarán para la República de Vasilia, pero ningún representante ni entidad de la joven nación ha respondido a estas declaraciones. De momento, su plan está proyectado para traer al mundo a por lo menos 200 niñas criadas en un sistema de hogares familiares.

ASUNTO: Nota de Duelo

DE: v.cortez@trinitywolf.edu
PARA: all@trinitywolf.edu; Bcc.
03/11/2042 13:02:45

Estimada Comunidad Trinity Wolf:

Con el corazón apesadumbrado, anunciamos el sensible y trágico fallecimiento de **EMILY JANE SHIMADA**.

Nuestra comunidad se solidariza con su familia en estos momentos de dolor e incertidumbre. A la vez, reiteramos que nuestros estudiantes y colaboradores cuentan con acceso gratuito e ilimitado a nuestros servicios de consultoría como apoyo para navegar este duelo.

Tendremos un servicio de vigilia y memorial en nuestra plaza estudiantil Katherine Rogers Wolf, a las 20:00 horas. Son bienvenidos todos los que deseen participar.

De cara a la situación, reiteramos que todas las vidas son valiosas. Si usted o una persona cercana están lidiando con pensamientos suicidas, por favor contacten a los servicios de emergencia y especialmente a la línea de ayuda gratuita: 1-800-273-8255.

Atte.

Víctor Cortez

Director General

ASUNTO: **Re: Nota de Duelo**

DE: seg090232@trinitywolf.edu
PARA: v.cortez@trinitywolf.edu; Bcc.
04/11/2042 16:20:45

MALDITOS. EMILY MURIÓ POR SU INDIFERENCIA. ELLA
LES HABÍA DICHO QUE ESOS MALPARIDOS DE DOCEAVO
LA ACOSABAN. USTEDES SE HICIERON DE LA VISTA GOR-
DA. DIJERON QUE ELLA SE LO BUSCÓ Y LA HUMILLARON.
    ELLA ERA TODO LO QUE DEBÍAMOS PROTEGER Y LA
ABANDONARON, MALDITOS. ELLA ERA INOCENTE Y
LA CULPARON ¡¿PARA QUÉ?!
    DEJEN DE FINGIR QUE LES IMPORTA. SOLO VAN A PA-
RARSE A LLORIQUEAR PORQUE TIENEN CULPA DE SUS PRO-
PIAS ESTUPIDECES Y NO DE HABERLA PERDIDO. SU SANGRE
ESTÁ EN SUS MANOS. Y NO ME IMPORTA QUE VUELVAN A
SUSPENDERME PORQUE YO FUI EL ÚNICO QUE LA DEFEN-
DIÓ. LLÉVENSE SU LLANTO Y SUS SUSPIROS A LA MIERDA.
ELLA NUNCA LES IMPORTÓ MÁS ALLÁ DE SUS EXÁMENES
Y SUS CÉLULAS CRUDAS. VÁYANSE AL INFIERNO TODOS.

ASUNTO: Re: Nota de Duelo

DE: v.cortez@trinitywolf.edu
PARA: shimada.s@berklee.edu; Bcc.
04/11/2042 16:15:05

Estimado Profesor Shimada,
En nombre de la Escuela Privada Trinity Wolf, lamentamos el deceso de su hija Emily Jane Shimada. Emily siempre fue una de nuestras estudiantes más brillantes y aplicadas: un verdadero ejemplo de los principios de servicio, sabiduría y valor que nuestra escuela ostenta. La comunidad de Trinity Wolf le extiende un afectuoso abrazo en este momento tan difícil, así como un gesto simbólico de generosidad cuyo monto podrá coordinar con nuestro equipo legal.

Reiteramos nuestro apoyo y comprensión en medio de esta fuerte situación.
Atte.
Víctor Cortez
Director General

Sesión de diagnóstico – Álvarez 190545

—Doctor Devi, buenas tardes.

—Señor Álvarez, me gustaría que nuestras reuniones no se coordinaran bajo la amenaza de nuestro equipo legal.

—Doctor, realmente no es lo que estoy buscando.

—Los acuerdos son claros, Álvarez. Las sesiones son mandatorias para que conozcamos el desarrollo de Anne. Incluso para que la ayudemos. Estamos bastante consternados con las experiencias de sus hermanas.

—Sí, lo de Emily fue imperdonable.

—No recuerdo haberlo visto en la funeraria. Shimada dice que nunca hablan…

—Pues le informo que yo ofrezco mis condolencias como… ¿Sabe qué? Eso no le atañe. Necesitamos conversar de un asunto más grave.

—Concuerdo. ¿Dónde está Anne?

—No lo sé.

—Ella ha faltado a las últimas tres sesiones mensuales de diagnóstico. ¿Qué va a decirme esta vez?, ¿que ella no se siente con ánimos?, ¿que está demasiado ocupada terminando de ver su telenovela?, ¿o que hoy le vino su periodo? Está muy claro que usted no ha hecho el menor esfuerzo para corregir sus arrebatos, sino que más bien los está habilitando si la deja pensar que puede…

—No, doctor. El problema es otro.

—Disculpe, pero si viene a presentarme a otro especialista de su ejército de tratantes, tengo que ponerle el alto. Anne es una chica normal. Y si usted se tomara dos minutos para conocerla y educarla en lugar de presionarla con sus estándares y metas absurdas, tal vez se daría cuenta de que ella también…

—Doctor, ¡nadie sabe dónde está!

—¿Cómo?

—No regresó de su última clase de equitación. Revisamos cámaras, habitaciones, vehículos, instalaciones, el implante de seguridad… todo. Ella desapareció.

—¿Cuándo me dice que fue esa clase?

—El veinte de enero.

—¡¿Me está diciendo que Anne lleva meses desaparecida y usted no quiso decirnos?!

—¡Ishwar, ella hace eso! Se esconde unos días en la cabaña de la piscina o los apartamentos vacíos de los jockeys cuando está demasiado temperamental. Pasa dos o tres semanas sin salir, comiéndose los dulces y frituras de la refrigeradora de invitados, viendo televisión y durmiendo. A veces ha roto una ventana, un teléfono o un par de espejos, pero siempre vuelve. Pensé que necesitaba esas pequeñas rebeldías, ¿me entiende? Tiene quince años. Ella creía que huía en secreto, pero yo siempre la tenía monitoreada y al alcance de mi teléfono. Anne podía gozarse sus berrinches y regresar a recibir su castigo en orden. ¡Todo iba en orden!

—¡¿Y me lo está reportando hasta ahora?!

—¡Porque pensé que la encontraría!

—¿Qué pasó con su implante?

—Lo encontramos en el baño de la cabaña.

—¿Un implante subdérmico?

—Estaba perfectamente limpio. No había un rastro de sangre ni nada.

—Necesito llamar a Zhao.

—No sé cómo pudo pasar esto. Le juro que tenemos las cámaras, los guardias, las barreras de láser y…

—Juan Pablo, usted tiene una adolescente. ¿Habló con las autoridades?

—Jamás. No confío en lo que harían esos cerdos con mi Anne. Contraté a media docena de investigadores, exmossad, exmarinos, y hasta un sicario. Les he ofrecido sumas millonarias y ninguno de esos malparidos ha regresado con una sola pista.

—¡¿QUE ANNE ESTÁ QUÉ?!

—Doctor Zhao, necesitamos conservar la calma y llamar a la policía.

—¡Yo lo tenía todo bajo control, les juro…!

—¡El colmo! El magnate con el imperio millonario no puede lidiar con una muchachita sentimental. Empiezo a entender por qué su hijo se mató.

—Zhao, eso fue totalmente innecesario. Por favor, cálmese y enfóquese en ayudar a Juan Pablo.

—No, no, no, mi hijo no. Anne no es así. Ella debe estar allá fuera y quién sabe con quién podría estar. Podrían lastimarla o algo peor.

—Devi, llame a la policía.

—Estoy en eso, Zhao.

—Ahora, Álvarez, venga conmigo. Ya no importa si este es un berrinche exagerado. Si Anne cae con la gente incorrecta, quién sabe qué atrocidades llegarán a hacerle.

—¡No! No me diga eso, doctor Zhao.

—Y ni siquiera se preocupe por una violación. Esa niña es propiedad del gobierno y una proeza del Nobel. Su valor va más allá de cualquier afecto y apego en estos momentos. Estamos hablando de la preservación de la humanidad, ¿me entiende?

—Doctor Zhao, yo…

—Cierre la boca, Álvarez. ¡Devi! ¡Pídame la línea al Departamento de Estado!

Carta a mi Futura Hija

Pawel Kaminski
Vasilia, 5 de marzo de 2050

Hola, Lentejita:
Escribí esta carta en caso de que no puedas llegar a conocerme. Realmente espero que no sea el caso, porque nada me emociona más que cuidarte y enseñarte todo lo que he aprendido en este planeta. Aun si encuentras esta carta, quiero que sepas que te tendrán en buenas manos y nunca te faltará nada. Y en esa línea, quiero que esta sea una carta alegre, porque yo mismo estoy desbordado de alegría al pensarte.

Un día, cuando yo era aún joven, las mujeres de todo el planeta desaparecieron. No hubo advertencias ni explosiones, pero el caos y la tristeza poco a poco nos consumieron. De la nada, me quedé sin los abrazos de mi madre, las galletas de mi abuela y los chistes vulgares de mi hermana. Caí en una depresión que pensé incurable, y solo encontré la fuerza para seguir porque mi padre, tu abuelo, aún me necesitaba. Él falleció unos años más tarde, mitad por cáncer y mitad por pena.

A medida que pasaban los meses, mi país se sumió en una guerra civil por el control de lo poco que quedaba. Pensé que ya no tenía esperanzas para vivir, pero decidí emprender una gran aventura para tratar de encontrarte. Dejé Polonia y vine a este país, sin más que 20 euros, una maleta con muy pocos calcetines y muchos deseos de un futuro: tú.

Dicen que serás bella, sana y muy inteligente. Pero yo sé que si eres una Kaminski tendrás también una fuerza extraordinaria para enfrentar todas las dificultades. Así que ve y hazme un padre orgulloso. No puedo esperar a abrazarte. Besos de Papá.

Chimpancés pasan a primera etapa de extinción

World Wildlife Fund
24 de mayo de 2051

Anteriormente categorizados como una especie en peligro (EN) en 1990 y una especie en peligro crítico (CR) en 2038 bajo el listado de la UICN, los *pan troglodytes*, comúnmente llamados chimpancés, han pasado a la penúltima etapa de la Lista Roja y ahora se encuentran extintos en la naturaleza (EW).

Como parte de la familia homínida, los chimpancés convivieron con los humanos (*homo sapiens sapiens*) desde que sus linajes biológicos se separaron hace cinco u ocho millones de años aproximadamente. Muchas culturas africanas registran la convivencia entre ambas especies con diferentes aristas, desde la depredación hasta la veneración espiritista. Distribuidos originalmente en el centro y la costa occidental de África, las poblaciones de chimpancés fueron mermando a medida que la cacería ilegal, la deforestación y las enfermedades acarreadas por comunidades humanas cercanas a sus hábitats se hicieron presentes. Hacia 2035, su cacería se intensificó con el incremento de los experimentos reproductivos, eliminando a las hembras salvajes para su cautiverio y potencial inseminación.

Estos primates homínidos comparten un 98% de afinidad genética con el ser humano y se caracterizan por su agudo intelecto, su capacidad de autoconocimiento y su adherencia a sistemas sociales de alta complejidad. Estudios realizados a mediados del siglo XX revelaron que incluso la presencia de observadores humanos causaba cambios drásticos en los comportamientos de chimpancés salvajes que comenzaron a imitar actitudes, sonidos y gestos. Por eso se tomó la decisión de observarlos desde drones y trampas de cámara sin presencia humana.

Desde 1920, los chimpancés han figurado prominentemente en los procesos de experimentación conductual y para medicina. Su percepción general como seres inferiores pero afines a la humanidad causó que muchos chimpancés fueran capturados para experimentos crueles, dolorosos y mortíferos, incluyendo la introducción a sondas espaciales primitivas. Esta práctica se intensificó con la popularización del Proyecto Eva, que demostró la implantación exitosa de tres hembras clonadas a partir de un espécimen en cautiverio.

Como respuesta, el programa de protección ambiental de las Naciones Unidas ha motivado una reforma legislativa que empeora las sentencias, multas y sanciones para los cazadores ilegales que pretendan buscar especies alternativas. También en la Unión Europea y en Estados Unidos se han establecido protocolos que limitan la experimentación a organismos exclusivamente procurados a través de clonación, con el fin de no afectar los esfuerzos de conservación de la especie y limitar sus efectos negativos en los experimentos de reproducción humana. Asimismo, el Instituto Jane Goodall ha comenzado una fuerte campaña de recaudación titulada *Madres del Pasado*, para concientizar a la población global sobre el rol tan crucial que han desempeñado los chimpancés en nuestro entendimiento de la biología moderna. Todos los fondos recaudados se destinarán a los esfuerzos de museos, zoológicos y reservas naturales para criar y reintroducir nuevos chimpancés a la vida silvestre. Para apoyar y conocer esta iniciativa, visite www.mothersofdayspast.com.

ONU plantea una reestructuración en los derechos de las mujeres

The Atlantic
Jeremy Grey
Abril 30, 2052

Este viernes, en asamblea, el secretario general de la ONU, Baptiste Laguerre, anunció la creación de un Nuevo Comité para el Desarrollo Femenino. Esta agrupación, integrada por líderes políticos, sociales, científicos y culturales de todo el mundo, tendrá la tarea de pactar una propuesta sobre los derechos y capacidades de las mujeres nacidas dentro de la llamada Nueva Era de la Humanidad.

Laguerre dijo:

Vivimos en una etapa de reconstrucción donde nuestras prioridades deben ser la especie y el colectivo antes que la persona. Gracias a los avances de la ciencia y tecnología, estamos más cerca de restaurar el equilibrio que Dios instauró. Pero no olvidemos que también es una era de reconstrucción, donde las necesidades del colectivo y la especie deben sobreponerse a las del individuo.

El secretario general también recalcó que el programa de reproducción de la ONU (UNREP) guiará la restauración del fondo de la niñez (Unicef) a medida que avancen los esfuerzos de reproducción en los países aptos.

"En su siguiente etapa, la UNREP creará programas de desarrollo familiar que protejan el capital humano y extiendan el potencial creativo, productivo y valorativo de las próximas generaciones. Hemos aprendido a vivir sin la hembra, pero ahora nos corresponde instruirla para convivir con el hombre del ahora."

Se proyecta que el primer planteamiento se someterá a votación en enero de 2055, justo a tiempo para el vigésimo quinto aniversario de los nacimientos del Proyecto Eva.

Futuro

Estoy tan emocionado que no puedo dejar de temblar. Ulises toma mi mano con una fuerza tierna y me abraza frente al vidrio. Puedo ver nuestras sonrisas reflejadas sobre el brillo, y detrás de ellas puedo ver a Christina, como he decidido llamarla.

Al lado nuestro está Redford, que muy deliberadamente voltea a ver al piso al notar nuestro gesto cariñoso. Lo acompaña su hermano Frederick, que posa como su pareja cuando hacen las preguntas. Se rumora que es más fácil obtener un pase de familia cuando demuestras que perteneces a una minoría, y no cabe duda de que la desesperación nos carcome a todos.

Trato de señalarle cómo ha crecido el vientre de Christina, pero Redford finge que no me escucha. Su rostro revisa impacientemente los monitores, como si deseara que uno de ellos le dijera en perfecto inglés que la bebé vendrá bien. El doctor nos vio por la mañana y nos recalcó que las criaturas están sanas y con buen peso, pero que espera prolongar un poco más la gestación para darles un mayor umbral de supervivencia.

Christina respira rítmica y lenta; su vientre peludo se hincha varias pulgadas y vuelve a su figura cada vez más protuberante. Sé que es un animal, pero algo de ella es cautivante y cercano. Sus ojos tiemblan en un continuo ciclo de sueño. Como Ulises, nunca conocí a mi madre, pero ahora la imagino con ese gesto: apacible y hermosa a pesar de los tubos y los sensores. Mi cerebro ha construido su gentileza a partir de las fotos y los videos que dejó mi padre.

Pienso en nuestra hija, Margaret. Será la más bella y deseable. Tendrá la sonrisa delicada y la voz como un pajarito. Hablará con ternura y vivirá en la serenidad por la que tanto hemos trabajado. La amaremos con locura, pero ella nos amará con toda su alma. Y lo más importante es que nos servirá como le corresponde.

Esta obra se terminó de imprimir
en el mes de marzo de 2025,
en los talleres de Diversidad Gráfica S.A. de C.V.
Ciudad de México